젠장 좀 서러워합시다

젠장 좀 서러워합시다

김근태 아빠, 인재근 엄마 편지

김병민 엮음

어떻게 지내고 있어요?

　아빠, 거기는 따뜻한가요? 등이 시려 어깨가 잔뜩 움츠러들었던 이곳과는 다른가요? 발걸음은 좀 가벼워졌나요? 이젠 떨리는 손을 슬그머니 붙잡아 숨길 필요 없겠지요? 우리를 보고 있어요? 짝꿍 인재근 엄마가 씩씩하게 살아내고 있는 모습을 지켜보고 있나요? 우리 아이들이 무럭무럭 자라는 모습도 보이나요? 궁금한 것이 너무 많아요. 아빠.

　아빠가 하늘나라로 가실 때쯤 우리도 각자의 짝꿍을 만났잖아요. 그동안 우리에겐 새 가족이 생겼어요. 김병준에겐 아들 환이, 김병민에겐 아들 태인이, 딸 라인이가 찾아왔어요. 모두 김근태 할아버지가 보고 싶다고 말하는 귀여운 아이들이죠. 환이는 피부가 하얘 김근태 아빠, 김병준과 똑 닮았어요. 그리고 하는 짓은 완전히 영감님이죠. 애어른처럼 말하고 항상 상대방을 배려하는 아이예요. 김병민 아들 김태

5

인은 조잘이예요. 쉴 새 없이 말하다가 당돌한 질문도 서슴지 않죠. 안 봐도 누구와 닮았는지 상상이 가죠? 막내 라인이도 이제 말도 곧잘 하고 자기주장도 생겼어요. 아주 귀여운 꼬마 아가씨예요.

이번에 인재근 엄마의 편지를 보고 느꼈어요. 아빠는 감옥에서 더 생생하게 우리가 자라나는 모습을 머릿속으로 그려보고 있었다는 걸요. 인재근 엄마는 혼자 아이들 다 키웠다고 생각했는데, 아빠 편지글을 다시 읽고 '김근태 아빠는 글로 육아를 했구나' 하고 느꼈대요. 당시 엄마는 일곱 살, 다섯 살 아이들의 육아도 책임져야 했고, 옥바라지도 해야 했고, 민주화운동도 해야 했지요. 그건 정말 힘든 일이었을 거예요. 요샛말로 '독박 육아'죠. 그때 인재근 엄마를 생각하면 눈물도 나고 미안하기도 하고, 못된 말 했던 것을 사과하기도 합니다. "난 나중에 엄마처럼 자식들 돌보지도 않고 싸돌아다니는 엄마는 안 될 거야!" 그렇게 말했던 김병민은 일하며 싸돌아다니는 엄마가 되었어요. 결국 인재근 엄마에게 몇 번이나 사과했지요. 바쁜 와중에도 엄마는 김병준, 김병민의 생활이 눈에 선하게 보이도록 묘사해서 편지를 보냈더라고요. 우리가 나눈 '자유에 대한 토론', 밤중에 셋이 '그림자밟기 놀이'를 했던 모습…. 김근태 아빠의 자상한 편지는 인재근 엄마가 먼저 전해준 편지 때문에 가능한 것이었어요. 그것을 이제야 알았어요. 엄마 편지를 이번에 처음으로 공개했거든요.

왜 아빠 편지는 책으로도 내고 했는데 엄마 편지는 한 번도 보여주지 않았냐고 물었어요. 좀 창피했대요. 지금도 그렇대요. 예전에 감옥에서 편지를 검열하던 간수가 엄마에게 말했대요. "김 선생은 편지를 그렇게 정성스럽게 깨알같이 써서 보내는데, 인 선생은 왜 휘리릭 갈겨써 보냅니까!"면박을 준거죠. 그 뒤로 김근태 아빠의 편지에 비하면 엄마의 편지는 아무것도 아니구나 하고 생각했나 봐요. 꽁꽁 숨기고 세상에 내놓지 않았었죠. 그런데 말이죠. 인재근 엄마의 편지들을 찾아 읽고 나니 김근태 아빠의 글들이 완성되는 느낌이었어요. 아귀가 딱딱 맞아떨어진다고나 할까요. 아빠의 것은 감옥에 갇혀 고통의 상처를 치유하고 사색하며 보낸 편지라면, 엄마는 밖에서 육아 전쟁, 군부독재와의 전쟁, 옥바라지라는 전쟁을 치르는 내용의 편지였죠. 당시에 김근태는 감옥에 갇혀 있어 '안사람'이고, 발에 모터를 달고 돌아다니며 싸웠던 엄마는 '바깥사람'이라는 별명으로 불리었잖아요. 두 분의 편지를 읽어 내려가면 그 별명 정말 잘 지었다는 생각이 들어요. '바깥사람'의 역할은 아직도 진행형이기도 하고요. 두 분의 편지 내용은 우리들이 자라나는 역사이기도 하잖아요. 그래서 김병준, 김병민에게 의미가 깊습니다.

김근태 아빠! 이제 아들 김병준은 서른아홉이 되었어요. 아빠가 남영동에서 모진 시간을 보냈던 그때 나이예요. 김병민은 서른여섯이지요. 아빠가 전두환 군부독재를 깨뜨리기 위해 민청련의 깃발을 높이 들어 올렸을 때 나이죠. 그 나이가 됐다는 건 이제 우리도 김근태 아빠를 더 잘 이해할 수 있게 됐다는 뜻이에요. 그런데 '부모님은 기다려주지 않는다'는 말처럼 아빠는 우리에게 기회를 주지 않고 떠나셨네요.

　생각해보면, 당시 민주화운동의 대부라 해서 우린 아빠 나이가 아주 많은 줄 알았어요. 그런데 고작 서른아홉이었어요. 지금 우리와 같은 나이였죠. 이미 가정을 이뤄 두 아이의 아빠가 되어 가족에 대한 책임감과 안정적인 삶에 대한 고민이 많았겠지요. 매 순간의 선택에 망설였을 거예요. 아내와 아들, 딸을 챙기고 사랑해주었던 김근태 아빠라서 더 두려웠을 거예요.

　우리 김병준, 김병민은, 아빠의 그 망설임을 사랑합니다. 아빠의 두려움을 사랑합니다. 아빠의 나약함을 사랑합니다. 아빠의 눈물을 사랑합니다. 고민하고 흔들렸던 김근태 아빠를 사랑합니다. 나이가 들수록 김근태 아빠의 선택이 망설임 없이는 나올 수 없었던 결과라는 것을 느끼게 됩니다. 편지에 우리를 사랑하고 그 사랑은 '무조건'이란 말을 많이 쓰셨죠. 이제야 그 말을 돌려드립니다. 아무 조건 없이 아빠를 사랑합니다.

그 시절 김근태 아빠가 다시 우리에게 돌아온 것은 기적이었어요. 남영동 그곳에서 1987년 박종철 열사처럼 쓰러졌다면, 우리와 잡은 손을 놓았어도 이상하지 않았던 시대였어요. 그래서 그런지 1985년, 1986년에 감옥에서 보낸 편지글들은 마치 하늘에서 보낸 것처럼 아득하네요. 한마디 한마디가 시리고 아프기도 하지만 또 별처럼 반짝반짝 아름답게 빛나요. 힘들 때마다 우리는 편지를 꺼내 보며 아빠의 글로 위로받을 수 있는 보물 같은 유산을 물려받았어요.

찬바람이 불고 추운 겨울이 되니 김근태 아빠가 너무나 그리워요. 따뜻한 손길이 그리워요. 아빠를 기억하는 사람 중에 악수해보고 깜짝 놀랐다는 사람들이 많아요. 맞잡은 손이 정말 따뜻했다는 거예요. 그 따뜻한 손길이 늘 어깨를 두드리며 우리를 응원했었죠. 따뜻한 눈길이 늘 우리를 지켜봐주었죠. 우리도 태인이, 환이, 라인이에게 김근태 아빠 같은 부모가 될 수 있을까요? 마석 모란공원에 가면 흘러가는 바람으로 흩날리는 눈발로 따뜻하게 내리쬐는 햇살로 말해주세요. 우리도 그런 부모가 될 수 있다고.

2017년 12월
병준, 병민 올림

차례

당신이라는 호칭

사실 여러 번 편지를 쓰다 보니까 당신이 쑥스러워하는 점을 더욱 자극하려는 장난기 어린 호칭 역시 있었고, 이런 기회에 한번 이 호칭을 따내보자는 야무진 계획도 있었지요. 그러나 이러한 장난으로 나의 절실한 음성이 담긴 호칭을 잃고 싶은 생각은 없습니다. 저는 되는 대로 할 거예요. "다 그런 거지"가 아니라 "내 배짱 꼴리는 대로"라 이거지요.

{ 김근태의 편지 }

인재근 씨.

그동안 보내준 편지들 매우 재미도 있고, 나에게 격려도 되었소. 발에 모터를 달고 돌아다니고 있으면서도 또 틈을 내어 편지를 써 보낸 그 정성이 내 가슴에 와닿는구려. 등에 스님들 행낭 같은 큰 가방을 멘 채 뛰고 있을 경쾌한 모습이 눈을 감으면 눈망울에 영상처럼 전개된다오.

그런데 사실 내가 꽤 놀란 것이 하나 있다오. 인재근 씨가 써 보낸 편지의 여기저기에 등장하고 있는 "여보" "당신" 말이오. 사실 편지에서 부르려고 하니 막상 적절한 호칭이 없고, "병준이 엄마"라고 하자니 여성운동가들한테 호된 비판을 받을 것 같아, 난감한 바가 없지 않지만 약간 생소한 채로 나는 "인재근 씨"로 결정하였소. 편지에 "여보" "당신"이 줄줄이 사탕처럼 나타나는 것에 나는 뜨악하면서 묘한 위화감

조차 느꼈던 바요. 평소 내가 이런 호칭에 대해 부끄러워하고 계면쩍어하는 것을 아마 잘 기억하리라고 믿소. 그 이유를 잘 몰랐었는데 이제 그것이 무엇 때문이었는지 분명해졌소.

나는 우리 사회에서 통용되고 인정되고 있는 저 '성숙' '노련함'에 대해 참 비위가 상해왔던 것이오. 사실 그런 점에서 나는 서투르고 반항적 기질이 있는지도 모르겠소. 이런 종류의 성숙과 노련함이야말로 거짓과 속임수의 외피이거나 적어도 동반자라는 사실은 두말할 필요가 없는 것이오. "다 그런 거지, 뭐"라는 노래 가사가 정말 설득력 있게 들리는 것은 우리의 삶에 쳐들어온 파괴적인 냉소주의의 반영만이 아니라 저 성숙주의의 결과임이 분명한 것이오.

그런데 말이오. 참 고통스럽고 우스꽝스런 것은 지금 나에게 은근히 조성되어 강제되고 있는 것이 바로 성숙된 태도란 말이오. 여기서 나는 부당한 일에 자주 부딪히지만 나 개인에 관한 것들이 대부분이어서 이의 제기를 별로 하지 않고 넘어가는데, 그것을 보고 긍정적으로 칭송하는 말을 듣게 된다오.

그런데 이런 칭송이 진정이 아님을 뻔히 들여다보면서도 때로는 내 속에서 꿈틀거리고 있는 젠체하는 의식에 들어맞아 기분 나쁘지 않아 하는 내 모습을 보면서 참 어이없고 야릇한 절망적 기분이 되기도 하는 것을 고백하오. 물론 지금 내가 비교적 조용한 것은, 지치고 아직 균형이 돌아오지 않아서 그렇기도 하고 생각하고 준비해야 할 중요한 것들이 많이 있어서 그렇기도 하지만, 위에 얘기한 그런 이유도 있음은 분명하오.

그러나 무엇보다 이상한 것은 언젠가는 그토록 모질게 능욕하면서 저 달팽이보다 더 작은 모습으로 몰아대더니, 또 이제는 나는 절대로 인내나 자제력을 유지해야 마땅한 사람처럼 되고 있는 이 분위기이오. 내 그 이유가 무언지 논리적으로야 모를 리 있겠소. 그러나 심정적으로는 정말 받아들여지지가 않고 자꾸 구역질이 날 것 같고, 비위가 참 심하게 상하오.

지난 몇 개월이 참 빨리 지나간 것도 같고, 이제 고것밖에 안 되었나 하는 의아심도 드는데, 참 알 수 없는 것은 그동안의 여러 가지가 어슴푸레해지고 아득해지고 있는 점이오. 저 대청마루 대들보의 사진틀에 걸려 있는 할아버지, 할머니 모습처럼 빛바랜 모습으로 남겨져가고 있는 중이오. 아마 내 의식은 이것을 하루빨리 잊어버리고 싶어 하는 모양이고, 또 그래야만 오늘을 살아갈 수 있으니 당연한 것 아니겠소.

그러나 정말 한 꺼풀을 들치면 아 거기에는 아물지 않는 것들, 새로 번져나고 방울져 내리는 것들이 수없이 엉켜져 소용돌이치고 있음에 어떻게 눈이 감겨지겠소. 물론 이런 고뇌와 아픔이 어찌 나 한 사람만의 것이겠소. 그러나 밤잠을 설치게 만드는 짙은 외로움은 논리적인 설득으로는 잘 다스려지지 않는 것 같소.

나는 그때 마가복음에 나오는 고난받는 예수, 모욕당하고 학대받아 쉰 목소리로 외치고 있는 그 모습에서 참 큰 위안을 만났소. 물론 내가 십자가에 달리신 예수의 전부를 깨달은 것은 아니겠지만 성서의 갈피에서 묻어나는 그 외로움, 그 절망이 내 가슴을 두드렸던 것이오.

밤하늘에 빛나고 있는 저 별의 외로움과 추위, 그것을 상한 자아 속에서 노래한 시들이 내 귀청에 들려오기 시작한 것이 이때쯤이었소. 우리는 어깨에 견장처럼 성숙을 얹고 다니는 것에 반대하여야 하고 그것은 마땅히 침을 뱉어줘야 할 일이오.

1986년 1월 30일

　김병준 아버지!

　저는 신랑의 두 번째 편지를 받았어요. 그 편지는 지쳐서
돌아오는 나에게 큰 힘, 아니 피로회복제임이 틀림없어요. 제
가 집에 도착한 시간은 밤 12시가 훨씬 넘은 시간이죠. 여섯
시간이 넘도록 개미 쳇바퀴 도는 토론을 하고 결론 없이 돌
아오는 색시의 모습을 보면, 신랑의 예전 모습 그대로일 거
예요. 그렇게 돌아오면 반기는(아니 꼭 그랬던 것만은 아니지
만) 내가 있었다고 생각해요. 그런데 오늘은 당신의 편지가
나를 반겨주었어요. 돌아오면서 이럴 때 사람이 있어서 의논
하면 참 좋겠다고 생각했죠.

　그런데 "여보" "당신"이라 한 것이 좋다는 것인지 하지 말
라는 것인지 아리까리하고 아리송한 상태에서 편지를 쓰고
있어요. 제가 신랑한테 쓰는 "여보!"는 다른 사람들이 쓰는

통상적인 호칭과는 다르다는 주장을 하고 싶어요.

제가 당신께 쓴 첫 편지는 숱한 눈물로 쓰인 것입니다. 그 점은 아마도 느껴졌으리라 생각합니다. 그때 그 "여보"에는 저의 절실한 음성이 포함되어 있었고, 그 후에도 그랬다고 생각합니다. 나로부터 멀리 떠나버린 당신, 빼앗긴 당신을 찾기 위한 몸부림이 그 부름 속에 포함되어 있었다는 것을 당신이 아실 것입니다.

우리는 아이 둘을 낳아 키우면서도 여보, 당신이라 부르기 쑥스러워하는 부부였죠. 지금도 서로 마주 보고는 도저히 그런 호칭을 못 쓰는 숙맥 부부죠. 얼마 전 30년을 같이 산 부부가 면회하면서 부인이 "여보~ 춥죠~" 하니까, 남편은 "아니, 괜찮아" 하는 대화 속에서 저는 오랜 세월 동안 키워 온 그윽한 사랑을 느꼈어요. 그 부인 눈가에는 눈물이 어렸고, 그것을 감추려 했습니다.

사실 여러 번 편지를 쓰다 보니까 당신이 쑥스러워하는 점을 더욱 자극하려는 장난기 어린 호칭 역시 있었고, 이런 기회에 한번 이 호칭을 따내보자는 야무진 계획도 있었지요. 그러나 이러한 장난으로 나의 절실한 음성이 담긴 호칭을 잃고 싶은 생각은 없습니다. 이 편지가 우리 부부의 호칭 정비의 공간으로 다 쓰이기 전에 끝을 맺어야겠어요. 저는 되는 대로 할 거예요. "다 그런 거지"가 아니라 "내 배짱 꼴리는 대로"라 이거지요.

　여보! 저는 요즘 무언가에 쫓기고 있는 기분이에요. 몸은 하나인데 너무나 처리해야 할 일들이 산재해 있어요. 그리고 제가 상대해야 하는 사람들은 천차만별의 남녀노소라 의식의 차이를 가진 그러한 인간들이죠. 그러기 때문에 어떠한 일을 합의 조정하는 일이란 대단히 피곤해요. 명쾌하게 떨어지는 부분이 별로 없어요.

　이런 것은 넋두리에 불과하죠. 저는 당신이 건강한 모습으로 이 색시 앞에 있어주면 열심히 배우면서 살아가기로 했었죠.

　여보! 지금 병민이가 개구리 폼으로 귀엽게 자고 있어요. 병준이도 고단하게 자고 있죠. 내일 당신을 만나려면 저도 이제 자야겠어요. 우리 부부는 도저히 잊을 수 없는 그때를 잊으려고 노력하면서 살겠죠. 안녕!

　　　　　　　　　　　　　　1986년 2월 4일, 새벽 1시 50분

　엄마, 아빠는 '여보' '당신'이라는 호칭을 거의 사용하지
않았다. 아빠는 평소에 안 쓰던 호칭이 편지 여기저기 도배
되어 있으니 당황했던 것 같다. 당시 옥중편지는 모두 검열
을 거쳤고 남들이 본다고 생각하니 더 그랬을 것이다. 호칭
얘기하다가 심각하고 어려운 이야기로 빠져나가는 아빠다움
에 역시 고개를 끄덕이고 말았다. 또 저들에게 빼앗긴 아빠
를 되찾으려는 절실함이 담긴 '여보' '당신'이라는 엄마의 편
지글에 울먹였다. 호칭 정리는 "내 꼴리는 대로 하겠다"는
엄마의 승리다. 언제나처럼.

　엄마는 주로 "김근태 아빠", 화나면 "김꼰태!" 하고 불렀
다. 아빠도 "인재근~" "재근아!" 하고 이름을 불렀다. 우리
도 마찬가지였다. 인재근 엄마, 김근태 아빠. 언제나 호칭 앞
에 이름이 따라왔다.

할아버지, 할머니를 부를 때도 이름이 꼭 붙었다. 방순이 할머니, 인종기 할아버지, 이한정 할머니, 김진룡 할아버지. 우리 가족의 이름 불러주기는 김근태 아빠 때문에 시작되었다. 당시에는 의식하지 못했지만 우린 자연스럽게 아빠를 따라 했다. 심지어 어린 시절 난 "근태야~, 재근아~" 하고 부르기도 했다. 아빠, 엄마가 내 친구이기 때문이라는 맹랑한 이유를 들어도 혼내는 법이 없었다.

이름을 불러준다는 것은 그 사람의 존재를 인정하고 존중하는 느낌을 준다. 어느 날은 인재근 엄마가 오빠와 나를 앉혀놓고 '김근태의 아내', '병준, 병민의 엄마'로만 불리는 게 불합리하다는 이야기를 아주 심각하게 했다. 빨래, 설거지, 청소 등등 엄마의 희생을 너무나 당연하게 여긴 때였다. 그 뒤로도 비슷한 이야기를 몇 번은 더 들어야 했다.

이름 불러주기는 조금씩 나에게 체화되었다. 아이의 엄마가 된 지금은 누군가가 나를 그저 남편의 아내, 아이의 엄마로 규정지으려 하면 김병민이라는 내 이름을 강조하며 과민반응을 보이기도 한다. 부모가 되니 어쩔 수 없이 내 이름보다 아이 엄마로 불리는 때가 많아진다. 아빠는 마치 이 상황을 다 알고 있었던 것처럼 "김병민~, 인병민~" 하고 나의 이름을 많이, 정말 많이 불러주었다. 어릴 때는 잘 몰랐는데 엄마가 되어보니 그때의 아빠가 왜 그렇게 엄마의 이름을 부르려 했는지 이해하게 되었다.

김근태의 이름 불러주기는 아직도 현재 진행형이다. 딸을 통해 배운 손자들과 손녀는 할머니를 항상 "인재근 할머니"라고 부른다. 또 우리 아이들은 사진에서 할아버지를 보면 "김근태 할아버지 보고 싶다!"라고 외친다. 호칭 앞에 이름을 붙이는 것이 우리 가족의 전통이 되어버렸다.

젠장 좀 서러워합시다

병민이는 불만이 있을 때마다 "나는 열쇠만 있으면 일두아파트에 혼자 갈 수 있어" 하고 소리치곤 합니다. 나 역시 당신 돌아올 때까지 그 집에서 살고 싶었어요. 청보라 아이리스를 한 다발 들고 돌아올 당신을 그 집에서 맞이하는 행복을 빨리 가질 수 있도록 누가 도와줄 수 있을까요. 그러나 당신을 빨리 만날 수 있기 위해서 우리는 이사해요. 우리가 어디에 있더라도 당신은 우리를 찾을 수 있을 거니까.

{ 인재근의 편지 }

여보! 당신이 좋아하는 오곡밥이 그래도 내 목구멍으로 넘어갔어요. 나는 요즈음 밥하는 법도 잊어버린 것 같아요.

오늘은 면도하여 맑은 당신의 모습을 보고 왔지만, 조금만 소홀하면 '빵구', '빵구'인 내가 하는 일에 회의를 느끼며 소주 두 잔을 걸치고 밤늦게 집으로 돌아왔지요. 저보다 조금 늦게 귀가하신 시숙께서 부럼을 사 오셔서 저는 정신없이 땅콩과 잣을 까먹고 당신께 몇 자 적어요. 당신 몫까지 내가 다 먹으려니 바쁘군요.

우리 공주, 당신의 매력적인 여인은 너무너무 귀여워요. 세 언니가 모두 머리를 기르고 있어 자기도 머리를 기르겠다고. 어제 미장원에 데리고 가 머리를 단발로 자르는데, 꼬시느라고 한참 애썼지요.

일요일만은 아이들과 함께 지내려고 애쓰고 있죠. 아이들

목욕과 산책 등을 함께하려고 해요. 또 이 아가씨가 저녁을 먹는데 승부욕이 강해서 1등을 차지하려고 물을 말아서 씹지도 않고 마구 퍼 넣는 것이에요. 경쟁 대상은 물론 상우죠.

큰아버지께서 "병민아! 큰아버지랑 시합하자. 큰아버지는 밥이 많이 남았지. 엄마도 많이 남았다" 하시니, 이 아가씨 왈 "큰아버지는 여보고, 우리 엄마는 당신인가 봐. 똑같이 많이 남았네". 이 여우를 어쩔꼬. 언니들은 "우여야, 우리 우여" 하고 물고 빨죠. 허리에 손을 얹고 무릎 굽혔다 폈다 하며 노래를 부르는 당신 딸을 생각해보세요. 매력적인 눈을 굴리며 야무진 표정을 지을 때 미칠 지경이죠.

우리 영감님(병준)은 우리 집 가장이에요. 집을 보러 같이 다녔는데 불편한 점과 편리한 점을 가려내고 집 구석구석 살펴보더라고요. 지금 얻은 집에 대해 불만이 많아서 걱정이에요. 집이 좋기는 하지만 어두워서 조금 우울하군요. 하지만 잠시 사는 곳이라고 생각하고 포기하기로 했어요. 맹모삼천지교라고 아는 것이 병인 점도 있는 듯해요. 빨리 안정을 찾으려는 마음으로 집을 옮기게 되었지만 제가 의연하게 처리할 수 있을지 자신이 없어요.

당신의 체취가 남아 있는 우리 집을 떠난다는 것이 나에게는 어려운 일이란 점은 분명하군요. 어제 자꾸 눈물이 나더군요. 돌이켜보면 우리가 성장했던 오랜 기간보다 우리가 같이 살았던 기간이 나의 전부인 듯 아주 크게 느껴지고 있어요.

병준이도 병민이도 역곡 집을 좋아하고 그리워하고 있죠. 병민이는 불만이 있을 때마다 "나는 열쇠만 있으면 일두아 파트에 혼자 갈 수 있어"하고 소리치곤 합니다. 나 역시 당신 돌아올 때까지 그 집에서 살고 싶었어요. 청보라 아이리 스를 한 다발 들고 돌아올 당신을 그 집에서 맞이하는 행복 을 빨리 가질 수 있도록 누가 도와줄 수 있을까요. 그러나 당신을 빨리 만날 수 있기 위해서 우리는 이사해요. 우리가 어디에 있더라도 당신은 우리를 찾을 수 있을 거니까.

여보! 세상 사람들이 그렇듯이 나 역시 예외가 아닌 것을 요즈음 나는 발견했어요. 그토록 어려운 시련을 겪고서도 살림에 대해 애착 같은 것이 남아서 이렇게 속물근성을 보이다니 정말 이런 것이 인간인지, 정말 아리송한 심정이에요.

더 이상 무엇을 사고 싶은 건 아니지만 당신과 쓰던 모든 것을 하나도 버리고 싶지 않은 것이죠. 그러니 특권이란 얼마나 포기하기 힘든 것인지 이러한 색시의 심정은 물적, 심적 양측 면을 보이는 것이죠.

여보! 내일 병원에서 당신을 볼 수 있는 것을 기대하면서 그냥 자겠어요.

1986년 2월 25일, 새벽 1시 15분

어제 하루 종일 내린 비는 심술궂은 것이었소. 맑고 싸늘한 오늘 오후가 되니 더욱 그런 것 같구려. 부슬부슬 내려 이 삿짐을 적시고, 머리를 적시고, 마음도 축축하게 만들고 어쩌면 눈물까지 적셔버렸을지도 모르겠소만은. 이사를 하는 것이 원래 힘들고 싱숭생숭하게 되는 것인데, 하염없이 흘러내리는 듯한 이 비가 처량한 분위기를 한층 짙게 하였을 것 같구려. 정해진 날짜에는 어김없이 짐을 꾸려 쓸쓸하게 떠나는 유랑 극단의 보따리들 같지는 않았을까 싶기도 하고.

이사를 할 때는 매번 시끌벅적하고 손이 남아돌았을 뿐만 아니라 오히려 걸리적거리는 사람도 있었고, 그날은 손을 빌려 도움을 받고 겸하여 어수선한 채로 잔치를 벌였던 것을 잘 기억하고 있소. 어저께도 와서 거들 마음들이 왜 없었겠소. 뒤쫓는 저 사람들의 차가운 눈초리가 시려서 거북해서 그러지들 않았을 것이오.

이를 잘 알면서도 아마 인재근 씨 걸음걸이가 휘적휘적하게 되었을 것이오. 한두 번쯤 복받쳐오는 것이 있었을 것이고 필경 이것은 서러움이었을 게요. 뭐 반드시 서럽지 않아야 하는 것은 아니고, 태엽 풀린 유성기처럼 박자가 맞지 않는다고 난리가 날 일도 아니고, 젠장 좀 서러워합시다. 흘러내리는 빗속에 콧물, 눈물을 묻어버리면 누가 알겠소. 코를 약간 먹더라도 비 맞으며 이삿짐 날라서 그렇겠거니, 하고 생각해줄 것이고. 그러나 두 팔다리 쭉 뻗고 아스팔트에 질편하게 앉아서 서러워할 일은 분명 아니고 말이오. 서러운 이 땅의 백성들 중 그런 아픔을 겪지 않는 사람들이 도대체 몇 사람이나 되겠소. 우리도 얼굴이 지워져버린 숱한 서민들 중의 한 사람들로서 당할 것을 당하고 있는 것으로 치부해둡시다.

나는 이렇게 조금은 우울한 상념에 젖는 한편, 투명하게 고여 있는 빗물을 바라다보면서 떨어지는 빗방울과 그려지는 수없는 동그라미에 지금은 멀어져간 어린 시절의 상쾌함이 조용히 솟구쳐 오르는 것을 느꼈다오. 수군거리며 내리는 저 비는 겨울을 녹이는 것이겠지. 얼어붙은 우리네 가슴을 열게 하는 것일지도 몰라. 아니 저 흙 속에 컴컴하게 파묻힌 우리들의 희망을 움트게 하는 것일 거야. 이삿짐 좀 젖기로서니 대수로운 일도 아니고, 그쯤에 후줄근해질 수는 없는 거야.

꺼먼 장화를 신고 철벙철벙 빗물을 튕기며 걸어가는 개구쟁이 김근태 모습이 보이고, 그것은 다시 병준이도 병민이도 되고 말이오. 나는 참으로 기분 좋게 웃어주었다오. 비 사이사이로 불어오는 저 바람이 유쾌하고, 바람에 조용히 흔들리고 부슬비에 젖으면서 살포시 눈을 떠가는 듯한 아직은 메마른 나뭇가지들의 눈들이, 싹들이 나를 맑게 하는 것 같았다오. 그렇소. 이것은 해맑은 새로운 힘이 분명하오. 나는 이것을 아랫배에 모아 저들의 눈에 안 띄게 쌓아두었다오.

그리고 내 한마디 더 합시다. 뭐 분기탱천해서 하는 말은 아니고, 약간은 자근자근 씹어주면서 말이오. 12년 내지 15년이 선고되지 않은 것을 다행으로 생각하겠다고, 신문·방송에서 처음 떠들어댄 바와는 다른 것을 이해하느라고 힘들었다고 말해준 데에 대해서 고마워한다고, 뭐 특별히 결단해준 것이 비록 없더라도 말이오. 냅다 인상을 쓰고 추상 같은 선고를 하지는 않은 것을 말이오. 이러고도 자신들을 어느 정도는 존경해주어야 한다는 태도를 취하는 것에 비위가 얼마간 상하는 것이 사실이오.

그러나 혹시 내가 구걸하는 태도나 심정을 가진 것은 아니었던가. 뭘 가르치려고 하는 듯한 말투가 되었던 그때, 그냥 머리를 끄덕거리고 넘어간 그 순간이 참으로 창피하게 생각이 되는구려. 조금은 더 잘해주었으면 좋았으련만 하면서 조바심치고, 때로는 일정한 실망도 하면서 친구들에 대해 생각했던 나 자신이.

그로 인한 상처에 이르면 사실 부아가 솟구치는 것도 무리가 아닌 것 같소. 그러니 내가 조롱하고 약간 경멸하고 싶어 한다고 흉보지는 말기 바라오. 이 조롱 뒤에 꽁꽁 숨어서 도피할 생각은 추호도 없으니 말이오. 이 건을 똑바로 들여다보면서 눈을 돌리지는 않을 것이오. 살짝 웃어주면서 슬쩍 도망가고 잊어버리거나 하는 것은 우리네의 또 다른 패배이거나 서투른 수작에 불과함을 나는 잘 알고 있소. 다만 교묘하고 더욱 뻔뻔한 논리에 속마음이 얼마나 멍드는지를 잘 알겠구려. 왜 사람들이 허위의식을 퍼뜨리고 대변해주는 지식인을 미워하는지가 이해되는구려. 그러나 조롱은 뭔가 약자의 공격 수단일 뿐 눈돌기를 동반한 서글픔 이상이 되기는 어려울 것이오. 이렇게 고립된 채 그러는 것은 한낱 주접으로 전락할 가능성도 있고 말이오. 약간은 어깨에 힘주는 어떤 사람이 이렇게 말합디다. "다 그렇게 하는 것이 아니겠소" 하고 말이오. 그러나 이 말에 심정적으로 동조하고 싶기는 하지만, 한편 그렇게 해서는 안 된다는 생각도 강하다오. 이번의 이 일을 통하여 나는 정말 많은 것을 배운 것 같소.

그리고 우리 모두의 좋은 경험이 될 수 있기를 바라는 마음이 되는구려.

 참 지난 6일에는 빨간 원피스를 입었던 것 같구려. 봄은 인재근 씨의 치마폭에 담겨 성큼 오는 것이 아닌가 싶소. 괜찮게 보입디다. 걸음걸이가, 분위기도 물론이고.

1986년 3월

나의 어린 시절 기억의 처음은 역곡 집에서 시작한다. 역곡역에서 5분 거리에 있는 역곡 일두맨션아파트. 아직도 그 자리에 서 있다. 그 주변 아파트들은 모두 재건축이 결정되어 더 높아졌지만 아직 일두아파트는 살아남아 있다.

우리는 5층 아파트의 1층에 살았다. 1층 베란다에서 모래 놀이터 전체가 보이는 1동 111호였다. 베란다로 따뜻한 햇살이 거실 중간까지 들어왔다. 아빠는 내복 입고 안방에서 이불을 개고, 엄마는 부엌에서 뚝딱거리고 있었다. 이것이 내 진짜 기억인지, 역곡 집 이야기를 많이 들어서 만들어낸 기억인지 잘 분간은 안 된다. 다만 역곡 집은 행복하고 따뜻했던 집이었다는 느낌이 든다.

역곡 집 모래 놀이터에서 365일 그네를 탔다. 난 그네 마니아였다. 한번 그네를 타면 꾸벅꾸벅 졸면서도 내려오지 않

았다. 그네에 매달려 졸다가 떨어져 모랫바닥에 얼굴을 박아
도 그냥 쿨쿨 잠자는 웃기는 꼬맹이였다. 엄마는 모래에 얼
굴을 묻고 자는 나를 안아서 집으로 들어가 재우곤 했다.

역곡 집은 오빠와 나에게 고향 같은 곳이다. 아빠가 그곳에
서 잡혀간 뒤 엄마는 우리를 맡길 데가 필요했다. 옥바라지도
하고 민주화실천가족운동협의회(민가협) 실무 활동도 해야
했기 때문이다. 부천에 계신 방순이 할머니 댁 아니면 김국
태 큰아버지가 있는 도봉구 수유리로 이사하는 두 가지 대안
이 있었다. 큰집에 사촌 언니들, 오빠와 함께 지내는 것이 우
리한테 더 좋을 것 같아서 역곡에서 좀 멀리 떨어진 수유리로
이사하게 되었다. 수유리 이사 전부터도 엄마는 활동이 늘어
나 우리는 이미 수유리에 맡겨져 있었다. 언니, 오빠 들을 좋
아했지만 역곡 집을 떠나는 것은 꽤나 섭섭했다. 네 살 꼬마
에게 1층 베란다에서 놀이터가 보이는 집은 대체 불가능한
것이었다. 이사한 집은 다세대 주택의 1층이었는데, 어둑어
둑하고 침침했다. 놀이터도 한참을 가야 나왔던 것 같다.

남편 없이 두 아이를 데리고 수유리로 이사를 했던 엄마는
서른네 살이었다. 지금의 내 나이보다 더 어린 나이. 비가 억
수같이 내리는데 엄마는 정말 서럽게 울었던 것 같다. 정리
정돈의 역할은 꼼꼼한 김근태 아빠가 맡고 있었는데, 정리의
왕이 없으니 이삿짐 싸고 푸는 데 많이도 힘들었겠다. 그때

의 서른네 살 인재근 엄마에게 고생했다고 토닥토닥 해주고 싶다.

역곡 집은 아빠와 함께 산 기억이 있는 집이다. 이후에 이사 간 집부터는 아빠가 없었다. 그래서 그런지 역곡 집은 따뜻하고 환한 집으로 기억하는데 이후 수유리 집에 대한 기억은 어둡고 칙칙하고 무섭다. 수유리에서 두 번을 이사했고 복개공사 한 길목에 자리해 있던 마지막 집에서 아빠가 우리에게 완전히 돌아왔다. 그 수유리의 마지막 집에 대한 인상은 역곡처럼 다시 따뜻하고 환하고 넓은 집이다. 아빠가 함께 했느냐, 하지 못했느냐가 살았던 집에 대한 인상을 좌우하는 것 같다.

거꾸로의 자유

나는 당신의 이 추상적인 선물, 즉 "거꾸로의 자유"를 '나를 향한 진정한 사랑'으로 받아들이겠어요. 당신은 정말 음흉하고, 음탕한 사내예요. 결국 나에게서 이러한 고백을 받아내고자 부린 수작이라고 생각해요. 그러나 나도 이런 고백을 받아낼 수 있는 여러 번의 순간이 있었고, 앞으로 계속 있으리라고 생각해요.

{ 김근태의 편지 }

오늘이 당신 생일이구려.

감옥에서 두 번째 맞는 생일이오. 면회도, 편지도 금지, 금지 또 무엇이든지 금지당하고 있었던 작년 당신 생일날의 내 기분을 얼핏 떠올려보고 있소. 어둡고 외로웠던 나날들 중에서 그날, 그것은 나에게 의미 있는 날이었고, 그 의미 있음이 나에게 위로가 되었다오.

올해는 담담하게 당신을 생각하면서 이 편지를 쓰고 있소. 바깥에서 자유롭게 지낼 때도 당신의 노고를 위로하고, 당신의 삶이 시작된 오늘을 제대로 즐겁게 해준 적이 없는 것 같아 안타까운 심정이 되는구려. 이 점 미안하게 생각하오.

그런데 이젠 옥바라지가 또 점점 무거운 부담으로 되어가고 있을 거요. 서울에서 멀리 떨어져 있어서 그렇고, 대관령에 가로막혀 더욱 막막해지고, 대관령을 오가며 반드시 각오

해야 하는 그 메스꺼움이 싫고, 무엇보다 세월이 제법 흘러가 허전함 속에서 그럴 것이오. 분노, 흥분과 공포 그리고 혼란 속에 파묻혔던 세월. 지난 1년 반을 떠나보내고 또렷하게 남겨진 것은 당신의 옥바라지이구려.

"길거리에서 (피신하고 있는) 남편을 만나게 되면 가차 없이 고발하겠다. 그래야 내 생활도 뭔가 정리가 될 것 같다"는 어떤 이의 말이 귀에 쟁쟁하게 울려오는 것 같소. 너저분하지 않고 질퍽대지 않아 괜찮게 들리면서도, 이 드라이한 말속에 흐르고 있는 통렬한 비판, 남편을 여하튼 고발할 수밖에 없게 만드는 이 죄악의 시대, 인간다움의 그 마지막까지도 간단하게 버릴 것을 강제하는 이 파렴치한 권력에 대한 풍자가 산뜻하게 다가오고 있소. 행방을 감춘 남편 때문에 당해야 하는 고초와 시달림, 남편의 불행과 아픔이 이해되면서도 어쩔 수 없는 짜증, 생활의 빽빽함이 손에 잡히는 듯싶소. 그렇소. 이 무거움이 우리네들의 고뇌가 되는 것일 게요.

형광등 말이오. 쇠창살과 유리창 이 편에 앉아 당신을 바라보고 있는 나는 점차 껌뻑껌뻑하는 형광등이 되어가고 있는 것이오. 이빨이 맞지 않아 헛바퀴가 돌아서 철저히 김이 새버린 것 같은 느낌이 들 때도 있고 말이오. 이건 참 고통스럽고 환장할 일이오.

소외감, 어떤 때는 쓸쓸한 배신감조차 몰려오기도 했었소.

당신도 내 이런 기분을 눈치챈 적이 있었을 것이오. 그때 돌아서는 당신 발길은 천근만근 무거워지고 슬퍼졌을 게요. 혹시 삶이 아득해지지나 않았는지 모르겠소.

높은 콘크리트 담벽과 철조망, 저들에 의해 차단되고 분리되어 있는 우리들 사이에는 현실감, 절박함에서 차이가 있는 것이오. 그럴 수밖에 없는 것 아니겠소. 흐름을 정확하고 종합적으로 파악할 수 있는 바깥의 당신에 비해서, 아무래도 이 안의 나는 단편적이고 일면적으로 사태를 보게 될 것이오. 또 시간 간격time-lag도 불가피하고, 몇 발짝 늦는 것이 아니라 아예 버스 지나간 다음에 손 흔드는 격이 될 때도 있었을 것이오.

몇 번의 경우에는 내가 꼭 이런 꼴이었던 것 같고, 그렇게 생각할 때마다 속이 뒤집히고 부아가 솟구치는 것이오. 자존심이 심하게 상하는구려. 민주화운동에도 별 의미 있는 기여를 못 하면서, 오히려 옥바라지라는 부담으로 결국 당신에게 짐만 지우고 있는 것이 아닌가 하는 생각이 나를 괴롭히는구려.

1980년대 초라고 기억되는데 당시 감옥에 갇혀 있던 어떤 사람들이 떠오르오. 바깥 사태의 진행과는 무관하게, 그것을 초월하여 무기한 단식을 선언하고 그렇게 했었을 거요. 그런데 바깥에 있었던 사람들은(나를 포함하여) 모두 이것이 적절치 않다고 생각하면서 뭔가 시계를 거꾸로 진행시키려는 것과 비슷하게 여겼던 것이오. 바깥에서 제대로 지원하지 않는다는 단식하는 사람들의 비난에 대해서 우리는 냉담했었소. 만장일치로 합의를 본 모종의 음모처럼 고소 혹은 조소 비슷한 "심정은 이해되지만 좀 안됐다" 하는 벌 받을 심정까지도 은밀하게 가슴에 담아두었던 것이오.

오늘의 나를 쳐다보면서 두려운 마음이 된다오. 이해는 되지만 약간은 측은한 사람의 모습이 되는 게 아닌가 하고 말이오. 그러니 부탁 하나 합시다. 이 안에 갇혀 있는 사람의 절박한 마음, 헐벗은 마음에서 나올지 모르는 주책, 그 주책을 내가 부릴 때 경고를 분명히 해주시오. 오줌, 똥도 못 가리는 신세는 절대로 되고 싶지 않으니 말이오.

당신도 들어본 적이 있을 게요. "신발 거꾸로 신는 것." 표현은 재미있지만 좋게 생각될 리는 없는 것이고, 그 속에 있는 비열함에 대해 누구도 눈감을 수 없는 것이라고 생각했었소. 나는 이렇게 결심했었소. 만일 내가 옥에 갇히게 된다면, 그리하여 5년 이상 옥살이를 해야 한다면 상대방을 결단코 자유롭게 하리라. 무조건 이혼 서류에 도장을 찍고 일체의 면회, 편지를 단절시키겠노라고. 부담과 동정의 대상이 되는 삶을 살지 않겠노라고 단단히 작정하였다오.

공교롭게도 내 결심이 딱 테스트 당하게 된 셈이오. 그러나 말이오. 그런 결심을 구체적으로 실천에 옮길 생각은 별로 해본 적이 없소. 이 결심이란 게 감상적 기분, 어떤 낭만성 위에 선 것에 지나지 않았을 거요. 또 잘난 체하는 짓거리 중 하나였을 것이고 말이오.

하지만 변명 하나는 있소. 5년 징역을 받았지만 이 5년을 다 살지 않으리라는 것. 이것은 명백하고도 분명한 비밀 같은 것이지 않소. 그러니 내 결심에 대한 성실성 여부를 골머리 앓을 필요는 전혀 없다고 주장할 수 있겠지요. 사실을 고백하자면 두려움이 있는 것이오. 그 때문에 감히 그런 생각할 수 없는 것일 게요.

옥에 갇혀 있는 사람들의 현주소는 모두 법무부지만, 본적조차 감옥인 사람들, 면회 올 사람도 없고 또 앞으로 면회 올 가능성도 전혀 없는 사람들, 뭐라 할까 완전히 철저하게 버림받고 외면당하는 신세들이라고 할까. 이들은 동정과 동시에 경멸의 대상이 되는 것이오. 서러움이 몇 곱으로 깊어지고, 곱, 곱, 곱의 징역이 되는 것이지. 혹시 사촌이 될까 봐 내 결심 따위는 까맣게 잊어버렸지요.

신발 거꾸로 신는 것, 감옥에 갇힌 사람 떠나가기는 매우 자주 있는 일인 것 같소. 그때 토해지는 충격, 분노에 동감이 가고, 그리고 또한 떠나가는 사람들의 마음도 이해되는 것 같소. 그 많은 사람들이 모두 신의가 없기 때문에 떠나가는 것은 아닐 것이기 때문이오.

남자가 감옥에 갇히는 날부터 경제도 그럴 것이고, 수모 또한 도저히 견디지 못할 게요. 또 꽈배기(전과자)가 되어 출소하게 되면 적절한 직업을 얻어 생활을 유지하기가 매우 어려울 것 아니겠소. 불을 보듯 뻔한데 죽치고 앉아 기다릴 수는 없을 것이오. 다른 곳으로 간다고 해서 거기에 행복이 있는 것은 아니지만, 이 짓누르는 모욕과 고통을 일단 회피할 수는 있을 테니까 신을 거꾸로 신을 수밖에 없지 않을까 싶소.

그런데 교도소는 아무래도 주변 대중에 대한 통제 수단이라는 혐의가 나에게는 보다 분명해지는 것 같소. 세상 사람들을 진저리 치게 만든 흉악한 범죄자들도 이 안에서는 그저 그런 사람들로 어찌 보면 순진하기조차 한 그런 생활을 하고 있소. 억제되어 있기 때문에 그럴 것이라고 하는 주장도 일리 있지만 그에 전적으로 동의할 수는 없소. 사실 이들은 한 개인 또는 몇 사람의 생명과 재산에 피해를 입힌 사람들인데, 숱한 생명과 재산에 피해를 입힌 행위에 대해서는 범죄라 하지 않고, 또 명백한 범죄 행위인 데도 감히 재산을 제재할 수 없는 현실이니 말이오.

주변 대중의 한이 서리는 이곳, 이곳 사람들의 곁에서 일어나는 신발 거꾸로 신기에 대해 나는 비난할 수가 없고, 그러고 싶지도 않소.

　당신의 생일이어서 좋은 날인 오늘, 나는 자유를 돌려드리
겠소. 생일 선물로서는 최상인 신발을 거꾸로 신을 수 있는
자유 말이오. 선택의 자유, 떠날 수 있는 그 자유 말이오.

　끝으로 당신의 생일을 재삼 축하하면서…. 이곳의 "거꾸
로" 자유를 강조하는 바이오.

1986년 12월 12일

사랑하는 남편에게.

오늘 나는 오랜만에 당신의 편지를 받았어요. 너무도 기다리던 편지입니다. 12월 12일 내 생일에 쓴 편지이더군요. 정말 희귀한 생일 선물도 담겨 있더군요. 이 편지를 받고 저는 너무도 할 말이 많아 이 밤에 펜을 들었습니다. 밀린 빨래를 마치니 늦은 시간인데 이 편지를 마치고 자면 내일, 아니 오늘 아침 늦잠을 자서 허둥댈 것은 뻔하지만 말을 하고 싶어 미치겠군요. 그러나 나의 짧은 표현력으로 나의 심정 그대로 다 담아 보낼 수 있을지 모르겠군요.

17일 당신을 만나러 갔던 것은 지금쯤 당신도 아셨을 것입니다. 차입한 서적을 전달받으셨을 것이고, 편지도 받았을지 모르겠군요. 그날 막차로 올라올 때 나의 참담한 심정이 당신께 전달되어 무척 화가 났으리라 생각되는군요.

강남터미널에 내린 나는 어기적어기적 걸음을 제대로 옮길 수 없었습니다. 그다음 날 오후 1시에 자리에서 일어나 밖에 나갈 수 있었습니다. 어쩔 수 없는 일이 생겨서 기어서 나갔던 것이죠. 이틀 약을 먹고 지금 정상으로 돌아온 상태입니다. 그때의 상황을 자세하게 이야기하고 싶지 않군요.

　지금은 그 이야기보다 다른 많은 이야기가 하고 싶군요. 여보! 나는 요즈음 이런 생각, 아니 이런 기도를 하며 살고 있답니다. 후배들에게 이렇게 소리치고 싶어요.

　"선명을 치닫고 있다고 오만하지 마라. 여기 정말 외로운 사람들이 있다. 나는 이런 사람을 위해 일하겠다. 나도 그 사람 중 하나다."

　작년 9월 나도 짜증 비슷한 것이 나더군요. 나도 당신도 그 지긋지긋한 구류 생활을 청산하나 보다 했지요. 그런데 또 하면서 나의 일상 활동, 당신도 잘 알지만 시작 단계였죠. 나는 제법 의연하고자 했지요. 그러나 나중에 이는 나에게 평생의 회한으로 남았답니다. 그 짜증, 의연함(가장된 선명과 위선), 두려움이 나를 평생 반성하게 하였답니다.

　지금은 우리들의 운명이라고 자위하고 살고 있지요. 그러나 나는 지금은 그 의연함을 지니려고 하는 것 같아요. 당신의 아내로서 주책 부리지 않으면, 당신 역시 측은한 사람이 되지 않으리라 생각됩니다. 이러한 의연함은 좋은 것일 텐데 저는 문득문득 이런 생각을 하곤 합니다. 내 남편이 죽어가고 있는데 내가 천연덕스럽게 있는 것이 아닌가 하는 불안에 휩싸이곤 합니다. 혹시 몹시 아파하고 있는데, 나한테 이야기하기 싫어서 안 하는 것은 아닌가. 이럴 때 남편만을 위해서 주책스러울 정도로 뛰어야 되지 않을까? 이러한 불안이 시시때때로 들곤 합니다.

여보! 그러나 어찌 내가 당신의 외로움, 아픔을 다 알겠어요. 형광등. 이빨이 맞지 않아 헛바퀴가 도는 상황은 돌이켜 보면 지금의 당신과 나 사이보다, 내가 아이 둘을 낳고 가사노동에 지쳐 헤매일 당시 그때가 더욱 그랬으리라 생각되는군요.

그때 당신은 나를 보고 그렇게 참담해했어요. 그 상황이 내가 초래한 것만은 아니고 나만이 당하는 것이 아니었다고 생각합니다. 오늘 당신이 주는 생일 선물은, 그 당시 단 한 번 써먹을 수 있는 절호의 찬스였다고 생각되는군요. 그러나 그 절호의 찬스를 놓쳐버린 것이죠.

당신이 5년 형을 받고 옥 안에서 구태여 주지 않아도, 나는 당신이 밖에서 계실 때도 항상 갖고 있던 나의 자유를 왜 새삼스럽게 생일 선물로 주겠다는 것인지 정말 모르겠군요. 당신 역시 마찬가지지요.

지금도 내가 바람나기를 바라는 노처녀들이 얼마나 많은

데요. 노골적으로 나에게 의사 전달을 하는 것이에요. 나에게는 조금의 여유가 생겨서 그 당시처럼 애착으로 당신을 잡으려 하지 않지만 다시 당신이 자유를 찾아 나오면 어떤 태도로 변할지 모르겠군요. 당신 옥바라지가 저에게 부담이 아니라, 당신 아내가 여러 사람에게 필요한 사람이라고 생각하면 되지요.

여보! 종로 5가 젊은이들이 이렇게 이야기한다고 합디다. "김근태 부인이 저 정도니, 김근태는 오죽했으랴!" 이 말이 무슨 뜻인지 당신 아시죠. 때로는 저도 외롭고 힘들고 어렵지만 우리 부부가 새로운 모습으로 발전해가며, 겸손하게 살아가려고 노력하고 있다는 확신을 가지면 그렇게 행복할 수가 없어요.

오늘 저는 큰 실수를 저질렀답니다. 병민이 방학이었지요. 어제 12월 19일 오후 6시에 유치원에서 발표회가 있었지요. 그만 까맣게 잊어버렸지요. 같은 시간에 사·선 15주년 행사와 더불어 망년회가 있었어요. 반가운 분들과 인사, 환담을 나누다 그만 늦게 집에 돌아와 보니 이런 미칠 노릇이 있나. 큰동서에게 안면이 말이 아니고, 자식놈들에게 미안하고, 쯧쯧. 한술 더 떠서 맥주 한잔해서 얼굴까지 벌거니 정말 말이 아닙디다. 당신이 있었으면 조금 나았을 텐데.

이런 묘한 가운데 당신의 반가운 생일 선물 편지를 받았답니다. 생일 선물을 줄 수 없는 상황이면, 다시 말해서(변 선생님 말씀 표절) 물질적인 생일 선물을 할 수 없으면 솔직히 사랑한다고 말하지 무슨 지랄스러운 괴변이우.

나는 당신의 이 추상적인 선물, 즉 "거꾸로의 자유"를 '나를 향한 진정한 사랑'으로 받아들이겠어요. 당신은 정말 음흉하고, 음탕한 사내예요. 결국 나에게서 이러한 고백을 받아내고자 부린 수작이라고 생각해요. 그러나 나도 이런 고백을 받아낼 수 있는 여러 번의 순간이 있었고, 앞으로 계속 있으리라고 생각해요.

내가 너무 짓궂은가요? 오늘도 저는 더없이 행복한 순간(시간)을 보냈습니다. 나의 이 행복한 시간은 저녁 8시에서 8시 30분에 하던 일을 멈추고, 큰집에 돌아와 아이들과 함께 우리 집 골목 어귀에 들어서면서부터이지요. 우리 집 골목에는 서너 개의 외등이 있어요.

골목 어귀에서 우리는 모두 뛰기 시작합니다. "그림자밟기 시작!" 셋이서 마구 뜁니다. 외등의 위치에 따라 그림자가 뒤로 앞으로 약간 비스듬히 지면 마구 뛰면서 서로 밟으려고 하지요. 이 시간 저는 가장 행복합니다. 당신이 오시면 넷이서 뛰겠지요.

여보! 나 17일의 이야기를 조금 더 하고 싶군요. 당신이 다 상상할 수 있을 것이지만, 정문부터 못 들어갔으니 미치고 환장할 일이었지요. 외래차를 막았더니 그 운전수가 "이 여자 미친 여자 아냐. 나 원 참! 난 또 왜 차를 안 내보내나 했네. 아니 당신 사정은 나중이고 차는 나가야지!" 하며 순간 내 팔을 확 잡아당길 때 나는 소리쳤죠. "손 대지 마! 내가 누군 줄 알고 그래?" "아니 이 여자 정말 미쳤어!" 더 이상 이야기 안 하겠어요. 내가 누구긴 누구겠어요. 서른네 살 난 아낙, 김근태 마누라죠. 이 참담함! 수모! 당신 너무 속상할까 봐 그만 하겠어요.

"엄마가 왔으면 더 귀엽게 했을 텐데." "그래 미안하다." "정말 미안해." "그래도 좀 귀엽더라." 우리 영감님의 말씀이죠. 이 대화는 그림자밟기 직전에 했어요.

오늘 12월 20일은 병준이 방학입니다. 아침 일찍 약속이 있어 선생님을 만날 수 없어 병준이 통해 짤막한 편지를 카드에 써서 보낼까 합니다. 오랜만에 긴 편지 당신도 받겠군요. 색시 마음이 잘 전달될지 모르겠군요. 그럼 만날 수 있을 때까지 안녕!

1986년 12월 20일, 새벽 2시 30분
당신 색시 재근이가

쥐들의 사랑

예상하지 못한 곳으로부터 구원은 나타난 것이었소. 그것은 마루 밑바닥
으로부터였소. 바로 내 머리 밑으로부터 말이오. 컴컴한 그곳에서 사랑의
목소리가 들려온 것이오. 애정이 넘쳐흐르는 코 먹은 소리였소. 이상하게
들릴지 모르겠지만 쥐들의 사랑이었소. 쥐들의 보금자리에서 끊임없이
전해오는 것이었다오. 쥐가, 쥐의 그 목소리가 나의 구원이었소.

유난한 올겨울의 추위가 더욱 가슴을 얼어붙게 만들고 무섭게 만드는구려. 속내의를 입을 필요가 없는 환경에서 사는 사람들은 이 매서운 추위가 얼마나 원망스러운지 잘 모를 것이오. 어깨를 내리찍어 누르고, 웅크리게 만드는 이 추위를 나도 1960년대 중반 이후 한 20여 년 동안 잊어버리고 살다가, 여기서 다시 겪게 되었소.

"간다, 간다, 나는 간다"는 구절이 가슴을 치는구려. 오는 곳이 아니라 여기는 가는 곳이 틀림없소. 잿빛 그늘 속으로 점점이 사라져가는 그런 입장처럼도 생각되고 말이오. 사람들의 가슴에는 한숨과 눈물이 그렁그렁 쌓이고 치밀어 오르는 목 메임 때문에 목을 가누는 것이 어색한 것 같구려.

하지만 저녁 식사 후가 되면 별안간 활발해진다오. 다가오는 어스름 속에서 용기도 생기고, 목청을 조용히 뽑아 흥얼

거리는 노랫소리들로 생기가 살아난다오. 야릇한 흥분이 울려 퍼지는 것 같다오. 그런 분위기 속에서 요새 대중가요를 익히느라고 제법 바쁘다오. 특히 〈사랑의 미로〉라는 노래는 이제 수준급에 올라섰고, 이걸 보여줄 기회가 없어 섭섭한 마음이 생기는구려.

지나온 그 짙은 어둠은 이제 어렴풋하게 느껴진다오. 하지만 그것은 어느 밤 달그림자 진 건물 모퉁이에서 왔다 갔다 서성대는, 이곳 사람들의 무심한 얼굴 그 뒤편에서 별안간 나타나기도 하고 말이오. 잠 속에서, 꿈속에서 짓눌러오는 공포로 되살아나곤 하는구려. 그때는 숨을 몰아쉬어 방어의 채비를 서두르게도 되고, 윤동주 시인의 맑은 눈물이 스며 있을 듯한 벽에 기대어 밤하늘의 별을 끌어당겨 다짐을 하기도 한다오.

그러나 요사이 나는 행복한 것 같구려. 목요일의 따스함을 안고 주말을 보내고 일주일을 보낸다오. 반가운 얼굴, 귀 익은 목소리들의 수군거림이 나를 여간 흥분시키는 것이 아니오. 소풍 가는 어린이들처럼 마음을 들뜨게 한다오.

저 맹렬한 설이 씨 얼굴에 번지는 눈물의 반짝임이 나에게 큰 용기를 주었다오. 정말 고맙고 감사하는 심정이오. 그렇게 많은 분들이 오셔서 지켜봐주시고, 격려해주신 것에 대해 당신이 인사를 드려주시오. 물론 이는 나에 대한 단순한 격정과 애정 때문만은 아닌 것을 잘 알고 있소. 바로 그렇기 때문에 바쁘실 텐데 여러분들이 오시는 것에 대해 덜 송구스럽지만, 내가 마음을 다잡고 다시 일어서는 디딤돌이 되어주시고 계신 것이오.

김승훈 신부님, 함세웅 신부님께 그리고 금영균 목사님, 김상근 목사님, 허병섭 목사님, 특히 김동완 목사님과 나 국장에게, 문익환 목사님, 계 선생님, 김병걸 선생님, 남정현 선생님, 곽태영 선생님 또 어머니, 방 위원장, 이영순 지부장, 박순애, 양승화 씨 등에게 고마움을 전해주시오. 뚝뚝한 말없는 웃음으로 앉아 계시던 백기완 선생님에게도 말씀을 전해주구려.

용맹무쌍한 민청련 식구들, 최열 씨, 박계동, 이해찬 등 고역을 당했던 친구들에게도 말이오. 혹시 연락이 되면 조화순 목사님께 한번 와주십사 전해주고, 함석헌 선생님이 보내주신 격려 말씀과 영치금 아주 고맙다는 말씀드려주시구려. 안병무 선생님, 이우정 선생님께 그리고 김기섭 선생과 이신범 씨에게도 인사를 전해주구려. 너무 많은 분들이 애쓰셔서 말씀을 드리다 보니까 좀 정치적인 것 같은 글이 되어버렸구려.

이제 나는 다시 일어나 걸어갈 채비를 해나가고 있는 중이오. 당신의 격려가 큰 힘이 되었구려. 9월 말 그때 기적 같은 만남이 나를 다시 일어서게 한 것이오. 그 후 당신의 노고가히 짐작이 되오. 때로는 허둥허둥도 했을 것이지만 훌륭히 견뎌낸 것이오.

1986년 1월 26일

작년 9월 말 처음 이곳에 내던져졌을 때 난 이러한 것에 흥미나 관심을 전혀 가지지 않았다오. 아니 주의를 가질 기력이 나에게는 남아 있지 않았다오. 오직 필요한 것은 컴컴한 어둠과 외부의 모든 자극으로부터의 차단, 그것이었다오.

　직접적이고 노골적인 폭력과 그로 인한 고통으로부터는 어느 정도 비켜설 수 있게 된 것이었으나 더욱 깊어져가는 마음의 상처, 나는 그것을 감당할 수가 없었던 것이오. 그냥 정신적 위기라고 하기에는 너무 절박하였소. 어떤 와해, 버텨나가는 것의 종착역에 이르러가고 있었다고 하는 편이 보다 정확할 것이오.

　나는 내가 이제 황폐함 속으로 밀려 떨어져 쓰러지겠구나, 이러한 것을 뻔히 들여다보면서도 속수무책이었던 것이오. 몸과 마음에 깊은 상처를 입어 무너져 내리는 곰 같은 신세였소. 컴컴한 동굴 속에 자리를 차지하고, 한편으로는 굴 입구에 나타날 수상쩍은 적을 경계하면서 상처가 아물도록 자꾸 혀로 핥는 것이었다오. 그러나 나는 안심이 되지 않아 이불 속으로, 이불 속의 컴컴함으로 더욱 기어들어 갔다오. 〈오감도〉의 이상처럼 나는 점점 이상해져갔다오.

아, 나는 그때 정말 누군가의 체온, 그것을 갈망하였다오. 인간의 목소리, 사랑이 담긴 그 눈빛을 나는 고대하였던 것이오. 다 소용없는 일이었소. 상처를 확인해나가는 완화된 형태의 적의만이 순간순간 번득이는 것이었소.

그러나 구원은 나에게, 나에게 있었다오. 예상하지 못한 곳으로부터 구원은 나타난 것이었소. 그것은 마루 밑바닥으로부터였소. 바로 내 머리 밑으로부터 말이오. 컴컴한 그곳에서 사랑의 목소리가 들려온 것이오. 애정이 넘쳐흐르는 코먹은 소리였소. 이상하게 들릴지 모르겠지만 쥐들의 사랑이었소. 쥐들의 보금자리에서 끊임없이 전해오는 것이었다오. 쥐가, 쥐의 그 목소리가 나의 구원이었소. 그러면서도 한편 나의 이성은 주저하였소.

나에게 쥐는 이런 것이었소. 쥐약 먹고 골목길에 나자빠져 있거나, 자동차 바퀴에 배가 터져 시뻘게진 창자가 툭 튀어나온 채 길바닥에 내던져 있는 것이거나, 무서운 전염병을 옮기는 페스트처럼 말이오. 파괴와 죽음의 그림자였다오.

미키마우스 같은 영리함은 우리들의 감수성과는 아무런 상관이 없는 것이고, 아마 누구나 이 점은 나와 비슷할 것이오. 그래도 이성은 살아서 이것은 뭐 이상하고 섬뜩한 일인 것 같다고 나를 끊임없이 제동 걸려고 하였지만 나는 제쳐버렸소. 상식 세계 그 바깥으로 쫓겨나 있었던 그때 이성은 힘이 약합디다.

가슴에 다시 생명의 불씨를 살려내는 것은 이성이 아니고 사랑의 눈빛과 목소리일 뿐이오. 사람의 사랑이 봉쇄되어버렸던 나에게 그나마 이것은 크게 다행한 일이었소.

이렇게 막상 쓰다 보니까 뭔지 좀 어색하고, 이상하게 느껴지지만 말이오. 그때는 정말로 사실이었소. 그리고 나의 회생에 큰 계기를 마련해주었던 것이오. 쥐들의 저희들끼리의 그 사랑이 말이오.

그리고 참 인재근 씨가 계속해서 넣어준 과일과 우유, 음료수 그것도 나에게 큰 용기를 주었소. 그때 나는 별로 무엇을 먹고 싶거나 소화해낼 능력이 없었소. 하지만 이렇게 나를 기억하고, 이 물건들을 통해서 확인해주는 그 손길이 눈물겨웠소. 거기에서 내가 아는 냄새를 맡으려고 킁킁대기도 하였고, 혹시 체온이 남아 있지는 않을까 싶어 자꾸 만져보기도 했다오.

또한 모두 빼앗겨버렸던 당시, 나는 무엇인가를 소유하고도 싶었던 것이오. 이것을 채워주었던 것이지. 인재근 씨 당신이 말이오. 어쩌다가 하루 걸러서 이틀이 되고 사흘이 그냥 지나면 나는 불안해졌던 거요. 잘 이해가 되지 않을 것이오.

하지만 당신의 나는 정말로 버려져 있었던 것이오. 돌이켜 보면 나 스스로도 잘 이해가 되지 않는다오. 또 다음에.

1986년 3월 11일

그제 밤을 새우다시피 하고 어제 12시에 잠을 자니 새벽에 눈을 뜰 수 있었어요. 빨래 등을 다하고 당신한테 몇 자 적을 여유를 가져봅니다.

쥐와 사랑을 나눈 당신의 편지 어제 받았습니다. 나는 그 시절을 어떻게 보냈는지. 상습적인 농성… 그리고 민가협이 있을 수 있는 것은 그 시기가 있었기 때문입니다.

어제 제가 구치소에 갔었다는 것은 눈치챘을 거예요. 일상 사 중에서 가장 에너지 소모가 많이 되는 것은 분노일 거예요. 분노만큼 엄청난 에너지 소모는 없을 거예요. 오늘 아침 오줌 빛은 빨간색에 가까워요.

지금 편지를 쓰는 이유는 김병민의 명화를 보내기 위해서 예요. 요즈음 김병민이는 자주 오줌을 싸지요. 어렸을 때는 실수라면서 용서를 빌더니 요사이는 오빠 핑계를 대면서 오빠 때문에 오줌 싸게 되었다고 오빠를 마구 나무라죠. 그러나 이 마음 좋은 오빠는 한없이 귀엽다는 표정으로 웃어대죠. 김병민이는 어제 유치원에서 오줌을 싸고 선생님이 어렸을 때 입었던 옷이라면서 입고 왔대요(김병민 주장).

김병준이는 학교에서 곧바로 큰집으로 가죠. 김병민도 마찬가지죠. 어제는 비교적 제가 일찍 귀가하여(9시경) 데리고 왔죠. 김병준은 숙제도 이미 다 해놓고. 제법 별을 많이 받아와요. 우리 아들은 저보고 회사 다니지 말라고 종용하죠. 저는 "무엇 먹고 살려고?" 하면 이놈이 하는 말, "아빠가 과거 급제해 올 텐데 무슨 걱정이야!"(큰집에서 자꾸 공부하러 갔다, 출장 갔다 등등으로 위장을 하기 때문이죠.) 당신의 귀여운 공주는 하루도 아빠를 잊지 않고 조잘대죠. 어제 큰집에서 귤 두 개를 가져오면서 하나는 아빠 주겠다고….

여보! 혹시 오늘 만날지도 모르겠네요.

1986년 3월 18일, 아침 7시 55분

재근이가

김근태 편지, 1986년 8월 30일.

3·21일과 23일에 홍성에서 아버지가 너희들에게 보낸다.

병준이, 병민이 에게

어제 돌아가는 길에 비 맞지 않았는지 모르겠구나.
저녁께 부터 부슬비가 소리도 없이 내려 땅거죽을 촉촉히 적시더구나. 이 비가 걷히고 나면 완연한 봄이 우리 앞에 다가설 듯 하구나. 땅 위에 조금씩 고여 있는 물 위로 소근소근 내리는 빗줄기를 쳐다 보면서 이 곳에서 너희들과 함께 불렀던 노래를 혼자서 불러 보았다. 이 번에는 "각 주가와 짜" 지난 번에는 "등대 지기" 였지. 경쾌하지만 약간 부르기는 어려운 "각 주가와 짜"를 잘도 부르더구나. 아버지는 가사도 잊어 버리고, 박자도 놓쳐서 당황하고 있는 사이 너희들은 박자 좋게 주욱 앞으로 나갔지. 그런데 이 번 보다는 지난 번 불렀던 등대지기가 더 마음에 들더구나. 그 노래를 부르면서 여러가지 느낌이 아버지 가슴에 잠겼단다. 그 중에 몇 가지만 얘기해 보겠다.

우선 그런 노래를 너희들과 함께 부르게 되었다는 것의 확인이 상당히 신나는 일이다. 언젠가 너희들이 엄마와 아버지에게 축복으로 와 태어난 후, 포대기에 싸여 배고프다고 "응애응애" 똥 쌌다고, 오줌 쌌다고 "응애 응애" 하다가 참으로 별안간 너희들 입에서 "엄마" "아빠" 하는 부름이 되쳐 졌을 때 우리는 상기되었다. 신기하고, 그리고 고맙기도 하고, 그러면서 진짜 아버지가 이젠 되었구나 의식하게 되면서 책임감을 새롭게 갖게 되었다. 그런데 이 번에는 그런 느낌이라기 보다 너희들이 이렇게 컸구나 하는 대견함, 우리 한 사람 한 사람이 자기 목소리로 노래를 하면서도 또 그것이 서로 함께 어울리도록 신경쓰는 데에서 보이는 동료감, 그것을 너희들과 함께 노래로써 확인하는 것은 아버지에게 여간한 뿌듯함이 아니었다. 그리고 이렇게 아버지가 감옥에 들락 날락 하는데도 너희들이 스스로 밝게 커가는 모습이 보여 고맙고 기뻤단다.

애들아, 아버지도 너희들 만 했을 때 등대지기를 좋아 해서 자주 불렀고, 그 후 커 어른이 된 뒤에도 외롭고 눈물이 날 것 같으면 그 노래를 부르곤 했단다. 그 노래 분위기는 명랑하지 않고 약간 슬프지 않니. 너희들은 어떠니. 멀고 험한 바다에 나갔다가 돌아 오는 배에게 캄캄한 어둠 속에서 등대의 번쩍이는 불빛은 분명히 희망이겠지. 고난과 절망 속에서 한 줄기 날카로운 희망일 게다. 그런데 그 희망의 불빛을 지켜주는 등대지기는 여간 외로운 것이 아니란다. 사람들이 살고 있는 동네에서 뚝 떨어져 참으면서 살아가야 하는 것이란다. 그렇게 참으면서, 외롭게 살면서도 견뎌낼 수 있는 힘. 그것은 정말 어려운 일이란다. 그래서 그 만큼 훌륭한 일이고. 그러면 이러한 힘은 어디에서 오는 것일까. 너희들은 이미 알고 있을 것이라고 믿는다. 그것은 사람에 대한 사랑, 어두움 속에서 두려워 하고 절망하는 사람들에 대해 따뜻한 손길을 내미는 아름답고도 큰 마음에서 오는 것이지. 그런데 말이야 그렇게 하는 모든 것들이 자랑스러우면서도 그러나 역시 등대지기는 사람이어서 밀려드는 외로움을 어쩔수 없어, 이 노래를 불렀고, 노래를 통해 우리로 부터 위로의 말을 구하고 있는 것은 아닐까 하는 생각을 해본다.

병준아, 병민아 조금만 더 아버지 얘기에 귀를 기울여 줄래.
나는 이렇게 생각한다. 노래의 "등대지기"는 실제의 등대지기 이기도 하지만, 이 세상 속에서, 사람들 사이에서 희망과 믿음의 불빛을 살려주고자 애써주고, 그를 위하여 자기를 희생하고 있는 귀중한 사람들, 세상의 어둠을 몰아 내고자 봉화를 들었던 그 사람들 모두를 말하는 것은 아닐까 싶구나. 김 병곤 아저씨, 전 태일 아저씨, 등이 그렇고, 너희들이 잘 아는 돌아가신 할아버지 또한 우리 모두의 등대지기라고 생각되는 구나. 지난 백여년 동안 그러니까 너희들이 보지 못한 친할아버지가 1901 년에 태어나셨는데, 그 한 20~30 여년 전 부터 (1870년경 부터) 지금 까지 우리 7 천만 겨레는 이루말할 수 없는 어려움을 겪어 왔단다. 자존심이 짓밟히고, 노예 비슷하게도 되고, 매 맞고, 죽고, 헤어지고……. 참을 수 없는 지옥의 나날들이었다. 그리고 그 기간 동안 일부 먼저 제 맘대로 하는 왕을 쫓아내고 민주 사회를 이룬 나라들, 공장을 세우고 경제를 발전시켜 힘 센 군대를 만든 나라들이 있었는데, 이들이 교만해져 다른나라 다른 겨레를 짓밟고, 쳐들어 가고 하여 미움과 전쟁이 그치지 않은 백여년이었다.
이 백여년 동안 우리 겨레의 등대지기가 되었던 분들, 유 관순 누나, 안 중근 의사, 신 채호, 한 용운, 홍 범도 장군 등 또 있구나 전 봉준, 김 옥균 선생들이 그 분들이다. 중국의 손문, 인도의 네루와 간디 등 이런분들의 등대지기 역할로 우리 민중의 배가 암초에, 부딪쳐 죽고 죽이는 지옥에 빠지는 것을 피할 수 있었다. 물론 배가 난파 당하지 않도록 결정을 하고 힘을 쓴 것은 배를 타고 있던 우리 겨레, 세계 인류였지만, 그 때 등대의 불빛이 없었다면, 그 불빛이 있도록 하는 등대지기가 없었다면, 그들이 자신들의 외로움을 이기지 못하고 불을 꺼뜨렸다면 어떻게 되었겠니. 많은 배들이 어둠 속에서 우왕 좌왕 했을 것이고, 그러다가 암초에 부딪쳐 많은 사람들이 차갑고 어두운 파도 속에 내동댕이 쳐져 두려움 속에서 목숨을 잃었을 게다.
병민아, 병준아.

김근태 편지, 1991년 4월 1일.

병민이 아빠에게.

어제는 병민이 첫 바점 날이죠.
당선도 기억하고 딸아이 생일케이크 손수 사주지 못해
안타까우셨겠죠. 저는 22日부터 ▩▩▩▩▩▩▩▩
하여 딸아이 생일을 연기하여 25日 (日曜日)에 저녁부를
하였답니다. ▩▩▩▩▩▩▩▩▩▩
▩▩▩▩▩▩▩▩▩▩▩▩▩▩▩▩
▩▩▩▩▩▩▩▩▩▩▩▩▩▩▩▩
▩▩▩▩▩▩▩▩▩▩

오늘은 몹시 피곤하기도 하고 아이들과 큰동서끼게 미안해서
비교적 일찍 들어왔지요 오늘 역시 당신을 면회 오기 위해
화실지하실 노겠지만 안타깝게 촐차고 멀었어요.
우표일에는 꼭 가려고 해요.
토요일에 엄마가 왔었다가 수요일 돌아가셨어요.
수요일 아침 일찍 병준이는 못다한 숙제를
하고 있었죠. 할머니 曰 "에 아이들 같아 일하는
것이나 있냐?" 묻는 것이 걱정이신 어머님의
말씀이죠. 내가 대답하기 전에 김병준이
"할머니! 그런 걱정일랑 하지마세요, 엄마가
다 알아서 해요" 우리 영감님의 말씀이도
할머니 曰 "저놈의 새끼, 저 안하는 것좀봐
그 만 온시 보며 100점만 받은 텐데" 하시며
한참 웃었죠.

검열필

인재근 편지, 1986년 5월 25일.

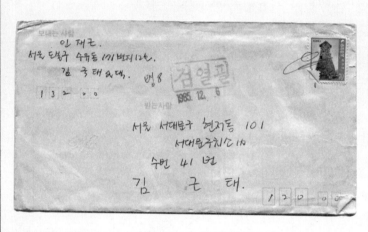

인재근 편지, 1985년 12월 2일.

<축사>
< 주 례 사 >

민주화운동청년연합 0
민주화운동청년연합 0

주례로서/ 축하 하러 오신/ 여러분들과 함께/ 진심으로/ 다시 한번/ 축하 드린다.
오늘/ 하늘도/ 축하 해 주심합니다.

사랑과/ 진리의 기초한/ 두 젊은이의/ 결혼을 정말로/ 아름답다.

그렇다/ 봄물 되는 사람은/젊은이들의/ 자연스런/감 정의 발로이고/ 또한/ 축복이다.
그러나/ 우리가/진심으로/ 축하하는 이유는/ 두 사람이 만난네/ 바름과 따름/
엉크러 엉크어/함께 하리 오리라/ 믿고 있기/ 때 문 이다.

결혼은/ 봄물 되는 사랑의/ 종속의 역이다. 그러나/ 또한/ 성숙한 사랑의/출발이기도 하고
성숙한 사랑은/ 상대방을/ 이해하고/ 용서하고/ 다시 감싸 줄 수 있는/ 노력을 하는/사람에게만/
찾아 온다. ─ 새롭은

그래서 두 젊으니 멀리 두 사람이 앞으로 한층 건강하게 여기를 보며 돈독하게
키울 수 있는 하늘의 축복이 함께 하기를 바랍니다.
제가 보건 복지부 장관을 해서 특히 당부는 싶은데, 딸 아들 주렁 줄고 셋 낳 나아서
잘 기를 수 있기를 바란다.

인생은/ 먼저 살아 본/ 선 배들의/ 멀기지/ 당부가 필요하다/ 드려고라 한다.
먼저/ 두 사람은/ 서로의/ 건강과/ 마음의 건강을/ 지켜지는/ 관숙관이/ 되기를 바란다.
한번 밖에 없는/ 우리의 삶이니/ 두 사람이/ 아주 충분히/ 즐쓰면서 이고, 고민한 일들/ 있게
걸어가는/ 친구이고/ 동지가 되라.

둘째로/ 서로/ 재능을/ 발 수 있는/ 분기를/ 갖기 바란 다.
사회생활, 가정 생활을/하다 보면/ 엔지/ 쓰쓰리고/ 깐/ 시릴 억울하고 같은 길/ 걷고/ 앞에서/
해 주고/ 기대버리/ 된다./ 참았고/ 부끄러워도/ 호흡을/ 해야 한다. 눈물/ 닦아야 한다.
참으로/ 할 수 있는/ 분기가 있어야/ 성숙한 사랑의/ 주인공이/ 될 수 있다.

끝으로/ 4월/ 다른 것들이/ 있나니 보렴/ 훈래비/ 생일 축하 수/ 있기를 바란다.
25년/ 이상하고/ 서는/ 같은 마음에서/ 살아 온 결혼/ 기념일을/ 맞이 했다.
지금도/ 촛불 켜 /서오 켜는 것 같/ 보이지만/. 여느날 연긴/ 문득/ 다른 일이 분명 없이/ 감동도 되지/ 수도 있다.
그 때/ 늘은 함께/ 손잡음을 하면서/ 이겨내를 감동/ 훈래비/ 부부 동반 수/ 앞에 떠나는.
4월 말쯤에/ 손에 대한/ 대해 축이/ 얼어져 수/앞는 결혼/ 그럼에/ 역약한 수/ 있도록/ 노 력 하게 말 주기
그레하면 축하.
그렇다.

김근태 아빠의 주례사 육필 메모.

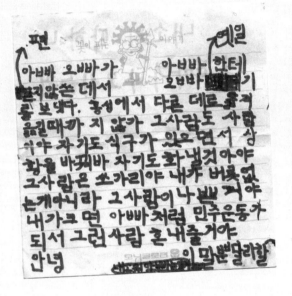

8살 김병민의 편지, 1991년 1월.

김병민이 그린 '왕비님과 임금님'.

10 월 2 일 일 요일	( ) ☀ ⛅ ☁ ☔ ☃
🕐 일어난 시각 시 분	🕐 잠자는 시각 시 분
오늘의 중요한 일	오늘의 착한 일

아빠의 신발

아빠가 어제 축장을 다녀 오면서 일찍
잠이 드셨다. 그런데 아빠의 구두가
이럴수가 이렇게 더러울수가 난 아빠의
구두를 닦기 위해 잠시 구두 닦이가 되었다.
그래서 구두를 싹 싹 소리가 나게 열심히
닦았다. 그리고 다 닦은 구두에서는 번쩍번쩍
빛이났다 난 내가 닦아 놓고도
닦 내이 닦은것 같아 좀 닦았다 생각하였다

오늘의 반성	내일의 할 일

웅진은 어린이의 10년후를 생각합니다.

김병민의 일기, 1994년 10월 2일.

병민이 아빠.

5살 김병민이 그린 김근태 아빠.

1978년 봄, 연애편지

나 옥순이 좋아하고 있어. 아마 사랑하고 있는 것 같아. 그러나 저 영화에서나 순애소설에서같이 미칠 듯한 열정이 만일 사랑이라면 나는 사랑하고 있다고 말할 수는 없어. 사랑은 난초와 같은 것이 아닐까. 물을 주고 닦아주고 정성을 들일 수 있는 마음가짐이 어떤 공동의 생활과 연결되고 결합될 때 사랑은 난초와 같이 생기 있게 피어나는 것이라고 믿어지네.

옥순이를 생각하며[●]

지금은 새벽 1시. 기관실 보일러가 지르는 소리로 귀가 완전히 먹먹해지는군. 오늘은 공장의 작업량이 많지 않은 모양이야. 보일러에 걸리는 압력은 보통 $5kg/cm^2$ 정도를 유지하는데, 자꾸 압력이 올라가서 기계를 정지시켜야 해. 현장에서 일하는 사람은 좀 편하겠지.

지금 책상에 앉아서 전에 얘기한 장문의 편지를 마쳤어. 밤 11시가 되니까 사실 내 마음이 조금 불안해졌어. 좋지 않은 일은 발생하지 않으리라고 생각되는데도 말이지. 어제 신었던 예쁘고 자그마한 신발을 신고 조용히 조심스럽게 발걸음을 옮겨서 들어갔을 거야. 사방을 지나치게 두리번거릴 정

● 수배 중에 월곡동 염색공장 보일러공으로 있었던 김근태가 인재근을 생각하며 보일러실에서 쓴 연애편지다. 옥순은 당시 수배 중이었던 인재근이 사용했던 가명이다.

도로 긴장하지는 않았겠지만 마음은 꽤나 불안했겠지. 대문을 열 때 삐걱하는 소리는 나지 않았는지. 셋방 든 사람은 모두 잠들어 있지는 않았을 거야. 그렇지. 참 대문 빗장은 열려 있었는지 모르겠네. 대문이 한식이면 소리가 꽤나 요란했을 거야. 개는 없었겠지. 혹시 옥순이 발자국 소리에 동네 개들이 놀라서 짖어대지는 않았을까. 지난번 옥순이 하는 얘기로 미뤄보면 옆집이 꽤 떨어져 있어, 멍멍군들이 귀여운 올드미스 발자국 소리를 귓가로 스쳐 보냈을 것 같기도 하군.

엄마가 먼저 오셨나. 옥순이가 먼저 들어갔나. 옥순이가 방에 들어섰을 때 혹시 콧등이 매캐해지지는 않았을까. 어때? 오랜만에 눈에 익은 것들 대하니까 주인 알아보는 것 같아? 엄마가 사주신 장롱. 옥순이가 너무 좋은데 하니까, "너 시집갈 때 더 좋은 것 사줄 거야"하시던 그 장롱이 뭐라고 하지 않아? "우리 주인 아가씨 입으시던 옷 제가 잘 간수하고 있어요" 하지 않던가?

그 속에는 대학교 초기에 입었었다고 하는 잠자리 날개같이 화사하고 투명한 옷도 있어. 가슴께에 구멍이 송송 뚫린 것도 있을까. 그런 옷 입으면 또 주책없이 내 눈동자가 아래로 깔리겠지. 얘기하다 보니까 어째 내가 좀 음탕한 냄새를 피우는 것 같군.

엄마 혼자 오셨을까. 엄마를 뵙고 손잡고 눈물을 글썽였을까. 엄마 치마폭에 매달렸을까. 아니면 고개를 꼿꼿이 세우고 "아하하" 하고 웃었을까. 내 님은 어떻게 하셨을까요. 궁금합니다요.

엄마가 옥순이 손을 잡으시고, "야 이것아, 얼마나 고생이 많으니. 얼굴이 핼쑥하구나." "이번에 너 들어오면 딴생각 하지 마라. 넌 시집보낼 거야. 알았어?" 또 "네가 무슨 죄 졌니. 난 내 딸이 절대로 그럴 리 없다는 걸 잘 안다. 네가 피해 다니는 것이 참말 마음이 아프구나. 아버지는 너를 자랑스럽게 생각하시기도 하지만 약간은 원망도 하신다"라고 하셨을지도 모르지. 할머니는 어떻다고 하실까. "그 애는 어려서부터 너무 똑똑했어. 여자는 너무 똑똑하면 안 돼" 하셨을지도 모르지. 옥순 양께서는 그저 "미안해요. 조금만 지나면 다 괜찮아질 거예요. 집안 식구 걱정을 끼쳐드려서 미안해요. 엄마." 참, 막내 말이야. 돼지라고 했나. "나 때문에 별 소질이 없는데 미대를 보내려고 하시는 것은 좋은 것 같지 않아요"라고 했을까.

"오빠, 어디 장가갈 때 알아보고 있어요?"라고도 했겠지. 그러면 엄마는 "그런 걱정 말고 어서 너나 괜찮아져, 시집이나 갔으면 좋겠다. 뭐든지 누구든지(엿장수든지) 너를 색시로 데려갔으면 좋겠다. 이그 저렇게 고집이 센 애를 누가 데려갈꼬" 하셨다면, 필경 옥순 양께서는 목이 간질간질해졌을 거야. 말을 할까 말까, 응. 이번에는 하지 말고 다음에 해야지. 아니 말해버릴까. "나, 엄마, 있어. 하나 있단 말이야. 글쎄 나를 탐내서 유괴하려고 하는 늙다리(이건 사실이 아닌데도…) 아저씨가 하나 있어. 정말이야"하고.

엄마 생신 때 보내드린 그것 입으시고, 속리산 여행 가셨었다고 했지. 그 옷 입고 오셨을 테지. "고맙다, 고마워. 네가 무슨 돈이 있다고 이런 것을 사 보냈니. 고맙게 입고, 이것을 입고 너를 생각해봤단다."그러셨을 때, 우리 올드미스 뭐라고 했을까. 입심이 좋으니 그냥 지나치지 않았을 텐데.

엄마는 옥순이 손을 끌어다가 만져보시고 쓰다듬고 하시겠지. 그거 안 되는데. 다음부터는 명백히 나하고 얘기를 해서 합의한 다음에 손을 잡혀야 해. 뭐라고, 주제넘다고. 왜 좀 더 큰소리치지. "월권이야, 월권, 에이"하며 〈뿌리〉의 그 여자같이 냉수 세례를 뿌리지는 않겠어.

지금은 2시가 다 되어가는군. 자리를 펴고 누웠을지도 모르겠군. 모녀가 나란히 말이야. 잠을 청해도 잘 오지 않겠지. 엄마도 물론이고. 이불을 여며주시기도 하실 거야.

옥순 양. 눈을 감고 빙그레 웃으면서 '우리 아저씨 지금 잘까, 아니면 밤 근무 할까. 내가 집에 간다고 했으니 잠을 자도 설치고 말 거야. 불안해서 말이야'. 불안은커녕 눈을 또랑또랑 굴리면서 옥순 양께 보낼 연애편지 쓰고 있는 것 모르시겠지. 알아주어야 돼, 이거. 이게 바로 단심丹心이지.

　집에 갈 때 전철이 늦게까지 있으니 별 어려움은 없었을 것 같고, 내일 아침 새벽에 올라오는 차가 시간에 맞게 있는지 모르겠군. 아침 일찍 서울에 오면 갈 데가 적당한 데 있겠지. 만에 하나 혹시 큰집에 가면 어쩌지. 이 아저씨 고민할 거야. 면회 갈 수는 없고 보고 싶기는 하고 말이지. 옥바라지 하게 하면 안 되니까, "귀찮아요. 오지 말아요" 하겠지. 고약하게 돼서 정말 그렇게 되고 또 내가 면회도 가지 못하면 아마 그럴 거야. 어쩔거나, 어쩔거나. 보고 싶은 우리 아저씨 보지 못해서 어쩔거나 하고. 한 곡조 불러 젖히지 않을까. 얘기하다 보니까 얘기에 지나지 않지만 기분이 안 좋은데. 이것은 생략.

　엄마 주무시도록 옥순 양 이제 잘 시간이야. 그지? 참 어제 기분 좋더라. 왜 있지. 그냥 날아오르는 기분. 나무도 좋고 산도 좋고 사람도 좋고 여자도 좋고. 좋을시고. 약간 술에 취하고 또 옥순이한테도 취해서 옥순이를 번쩍 들어 올려 안을 때. 내 심장 마구 푸드득거리지 않겠어. 참 떨리더구만. 세상에 무서워서 떤 적은 있지만 사람이 좋아도 떨리는 모양이야. 떨려서 얼른 내려놓았지, 뭐야. 그러니까 또 아쉬워지데. 그래서 얼른 또 번쩍 올려 안았지. 에이, 그런데 그게 산이어서 내리막길이어서 내려놓지 않을 수 없었지. 놓기는 싫었지만 둘 다 함께 넘어질지도 모른다는 생각에 내려놓은 거야. 고 내리막길만 아니었으면 얼마 동안 안고 갔을 텐데. 공장에 와서도 밤 1시인가. 그때쯤 들떴던 기분이 가라앉더군.

어제 산에서 옥순이가 한 말 중에 하나 기분 좋으면서도 거슬리는 것이 있더라. "뭐 나 자신에 대해서 실망했어. 이런 늙다리 아저씨를 왜 내가 만나지"라고 한 말. 이거 대강 무슨 말인지 내가 알아듣긴 알아들어. 우리 도도한 옥순 양. 그래 얘기할 수 있다고 생각이 돼. 하지만 자신에 대해서 실망했다는 말, 이거 아리송해. 무슨 말인지 잘 모르겠어. 내가 분명 멍청하지는 않은데도 못 알아들으니 이건 옥순이가 틀린 말을 한 것 같아.

사람 좋아지는 게 실망할 일은 분명 아니겠고. 그렇다고 이 아저씨가 도무지 형편 무인지경인데, 왜 좋아질까 하는 뜻은 더구나 아닐 텐데. 그때 분위기로 봐서도 말이지. 사람을 좋아하고 또 사랑하는 것은 무엇이든지 주고 싶은 마음인데, 주는 것은 자랑스러움이고 뿌듯함이며 이것은 긍지를 북돋는 것인데, 이런 마음에 실망을 할 수는 없을 거야. 그러면 그게 무슨 말인가? 한번 따져봐야겠어.

지금은 2시 30분이군. 나 있잖아. 30분 후면 근무가 끝나. 3시부터 잠자리에 들어. 7시에 깨는 거야. 지금도 옥순이는 잠이 안 오겠지. 내일 아침 8시에 퇴근했다가 6시 반에 다시 들어와야 해. 근무 시간이 변경되지 않았어. 내일 낮 동안 기다리게 되는 것 조금 초조하겠지. 아마 필경 전화를 걸어 연락이 왔는지 물어보겠지. 내일 아침, 내가 헷갈리고 있구면. 오늘이지. 오늘 저녁 7시에 만나지 못하게 되는 일이 절대로 있을 리 없겠지만. 그러나 이왕이면 나도 컵에다 찬물 받아 놓고 한번 머리 숙여볼까. 에이, 그런 일도 없을 거고. 또 쑥스러워서 하지 않겠어. 하여간 그런 마음이 드네.

　내일 만나면 내가 꼬옥 손을 잡아줄게. 따뜻한 손끼리 손을 마주 잡아. 그 시간에 내가 또 근무이니까 오래 있지는 못할 거야. 대신 이 글을 읽어. 모레도 태양은 떠오르고 그러면 또 만날 수 있을 것이고… 하는 헤아림이 있어. 아쉬움을 적게 할 수 있겠지. 자 그러면 여백을 남겨두고, 오늘도 안녕히.

　　　　　＼

1978년 5월 16일, 泰 씀

옥순에게 보내는 두 번째 편지

　지금은 새벽 1시. 보통 새벽 1시는 만물이 잠드는 고요한 밤이라고 하지. 그러나 지금 내가 앉아 있는 이곳은 시끌벅적하기 짝이 없어. 보일러가 악다구니를 쓰며 돌아가고 있으니 말이야. 보일러에는 팬, 버너, 펌프 등이 있어. 각각 아우성을 치고 있는 중이야. 처음에는 고통스럽더니 이젠 견딜 만하고. 언젠가는 감미로운 멜로디같이 들릴 수도 있을까?

　그저께 저녁에 택시에서 내려 내가 힐끗 옥순이를 쳐다봤을 때의 그 눈, 그때의 옥순이 눈, 퍽이나 인상적이었어. 눈이 온통 연민으로 만원이 되어 있었지. 내가 약 30분 정도 늦어서 호되게 구박을 당할 거라고 생각해서겠지. 아마 내가 뛰어 들어가고 난 뒤 우리 아가씨 가슴은 아파서 찢어질 것 같지 않았을까 모르겠군. 걸어가면서 눈에 눈물이 그렁그렁 고였을지도 모르지. 그러나 아가씨. 옥순 아가씨.

내 얘기를 들으면 에이 안 그래도 되는 것인데, 괜히 가슴을 콩당콩당 죄고 했어 하며 또 덤빌 거야. 공장에 들어서기가 무섭게 내가 한마디 했지. 늦어서 미안하다고 진짜 미안하다고 했더니, 그것으로 끝이야. 그날 나하고 근무했던 사람은 마음이 몹시 착한 사람이야. 아니 어쩌면 여린 사람일 거야. 속으로는 좀 미웠겠지. 하지만 겉으로는 웃더군. 요컨대 구박은 당하지 않았었어. 다만 미안해했을 뿐.

그저께 부천 집에 갔을 때, 옥순이가 자랑하던 대로 물이 좋았던 것 같아. 그때 감았던 머리가 지금도 와그르르 하며 폼을 내고 있는 중이야. 뭐라고 했던가, 응. 사자 머리 같다고 했지. 수사자 갈기. 그거 참 멋진 표현이었어. 늠름하고 위엄이 있는 최고의 것이지.

쭈쭈바를 먹다가 아버지를 뵈면 어쩔까 싶어 다 먹지도 못한 것을 내버리고 말았지. 그날은 어쩐 일인지 내 거 탈취해서 잡숫고 싶지 않았던 모양이지. 아니야. 그런 충동을 자제했겠지.

터도 넓고 햇빛도 따사롭고 밝아서 그런지 조용한 충만감이 가슴에 차오르더군. 옆쪽에는 모를 낸 논이 있고, 앞쪽으로는 세 개의 산봉우리가 보였지. 밤이 되면 개골개골 합창도 할 거야. 방도 시원스레 넓더군. 모두 여유가 있는 것 같았어. 그런 데다가 옥순이가 그런 옷을 입으니까, 어 정말 어른이던데. 엄마가 되어도 뭐 부족함이 없으리다, 아니겠어. 더구나 앞쪽에 쭉 달린 단추들 그거 도발적이던데. 그거 순식간에 열 수도 있을 것 같더군. 그러면 옥순이 표현대로 온통 손해는 나 혼자 다 보겠지. 오죽하면 티셔츠 위에 옷핀을 꽂겠는가 했는데, 앞에 단추 달린 옷을 본 순간 나는 미소를 짓지 않을 수 없었지. 대단하다고, 용기가 말이야.

혹시 아버지를 뵐지도 모른다고 생각했지만 정말 그렇게 맞닥뜨리게 될 수는 없을 거야 했거든. 옥순이가 "어머 아버지" 했을 때, '이어 이거 진짜 뵙게 됐는데' 하며 나 사실 조금 당황했어. 그런데 나란히 누웠던 베개가 보이잖아.

누구든지 쓸데없는 상상력 발동의 소지를 주고 싶지는 않아. 더구나 옥순이 같은 처녀를 딸로 가진 부모는 아무래도 조심스러우시겠지. 얼른 담요와 베개를 치우면서도 금지된 어떤 짓을 하다가 들킨 것같이 무안해지더군. 그래 아버지를 뵙고 얼결에 큰절을 올렸지, 뭐야. 참 다음번에는 옥순이가 나에게 큰절을 해야 돼. 그걸 여태 빼먹고 있었다니.

옥순이가 밥상을 차리면서 또 문을 닫고 나가면서 나를 쳐다보며 웃는 그 얼굴도 약간 당황한 장난꾸러기 얼굴이었어. 아버지 눈 참 선량하시더군. 말씀도 선량하시고. 그렇게 후닥후닥 말씀하시고 훌쩍 가버리신 것은 또 아버님 마음이신 것 같아. 옥순이와 나의 시간을 방해하지 않으시려는 마음이

셨겠지. 그게 부모 마음일까. 오랜만에 당신 따님 보고 좋아하셨을 텐데. 지금 생각하니 죄송한 마음이 생기는데. 아버지가 많이 바쁘셨더라도, 내가 없었으면 더 많은 말씀을 하시고 가셨을 텐데 하는 생각이 드는군.

아버지가 몇 가지 물으시고, "그래 모든 일 자네를 믿겠네" 하시던 것이나 "여자는 시집을 가고 다음 단계에 또 그에 맞는 것을 해야지" 하는 말씀에 실제로 옥순의 기분 약간 다쳤을 거야. 아버지한테 약간 화도 났을 거고. 그러나 섭섭해할 것은 없어. 아버지는 그분대로 생활 경험에서 나온 말씀이고, 우리가 그렇게는 생각하지 않으니까 말이야.

나 말이야. 아버지의 말씀 듣고 실제로 결혼이라는 것 생각해봤어. 여러 가지 생각이 들더군. 나 옥순이 좋아하고 있어. 아마 사랑하고 있는 것 같아. 그러나 저 영화에서나 순애소설에서같이 미칠 듯한 열정이 만일 사랑이라면 나는 사랑하고 있다고 말할 수는 없어. 하지만 나는 그것이 사랑이라고는 생각지 않아. 그것은 일종의 최면 상태가 아닌가 하는 생각이 드는구먼. 사랑은 난초와 같은 것이 아닐까. 물을 주고 닦아주고 정성을 들일 수 있는 마음가짐이 어떤 공동의 생활과 연결되고 결합될 때 사랑은 난초와 같이 생기 있게 피어나는 것이라고 믿어지네. 옥순이가 언젠가 자신을 '찌르릉파'가 아니라고 했지. 나 정말로 동감이야. 첫눈에 반하는 경우도 물론 있을 수 있겠지만, 그거 나는 별로 신용할 수 없어. 처음에는 어린애들이 낯모르는 사람에게 느끼듯이 어떤 종류의 호기심이나 경계심 등의 혼합 같은 것 정도를 어른들도 느끼리라고 생각돼. 처음 옥순이를 봤을 때, 나 전기에 감전되거나 그와 유사한 느낌은 없었어. 옥순이도 마찬가지였을 거야. 다만 친해질 수도 있겠다, 하는 생각은 있었지만.

사랑은 상대방을 믿고 이해해주고 또 어떤 것도 줄 수 있으며, 그럼으로써 자신이 충만감을 느끼게 되는 것이 아닐까. 이런 것이 사랑일 것 같고. 그렇다면 나 어느 정도 노력할 마음과 약간의 자신도 있어. 이런 관점에서 옥순이 생각하면 나 최소한 사랑하고 있음에 틀림없어. 옥순이 만났을 때 나 기분 좋고 옥순이가 우울해 보이면 어떻게 해서든지 위로해주고 싶어져.

그저께 아버지의 말씀 듣고 결혼 생각했지. 물론 그날 뵙기 전에도 옥순이와의 결혼 생각 안 해본 것은 아니지만. 결혼은 생리적인 갈망을 그 기반으로 하면서도 오늘과 같은 한국 사회에서의 결혼 제도는 역시 이곳의 이 시대의 산물이 아닐 수 없어. 일부일처제(아니 일부다처제가 더 맞는 말이겠지만)라는 결혼 형식은 다분히 소유의 문제를 내포하고 있어.

이 사회에서 여자는 피소유물이고 남자는 소유주인 것이 여러 가지로 입증되고 있지. 이와 같은 부당한 제도를 도저히 용납할 수는 없어. 얼마 전 옥순이가 얘기한 것(음악감상실에서) 아주 명쾌했어. 우리는 누구도 우리를 지배하도록 (그것이 사랑이라는 미명하에서든지 또 어떤 다른 명분, 예컨대 온정, 도움이라는 가면을 갖고서든지) 할 수는 없고, 동시에 마찬가지의 엄격함을 갖고 다른 사람을 지배해서도 안 되지. 그런 것들은 용납할 수 없어.

지난번 옥순이가 얘기한 대로 결혼은 남녀가 함께 생활을 해나가는 것이라면 외형적으로는 현 사회의 결혼 제도와 다름이 없어. 바로 여기에서 우리의 분별력이 요구된다고 생각이 되지. 나와 옥순의 결혼을 생각할 때 어떤 것을 인정하고 어떤 것을 부정할 것인가 하는 것은 깊은 생각을 필요로 하는 것 같아. 하나의 사회 제도로서의 결혼, 또 인격체의 만남과 공동생활로서의 그것은 만만치 않은 도전임에 명백하지.

지금은 피곤하고 졸려서 더 쓰지 못하겠군. 자야겠어. 다 못한 말은 다음번에 쓰기로 하고. 오늘 밤 꿈속에서 우리 아가씨, 귀여운 아가씨를 만나기로 하고. 안녕.

5월 24일, 泰 씀

옥순에게 띄우는 세 번째 연애편지

담벼락에 기대어 서 있는 옥순이 아가씨 모습, 박꽃같이 환하더군. 노곤한 기분에 취해 뒤뚱대며 나오고 있던 내 눈에 흰 박꽃이 비쳤어. 어여쁘거나 화려하지는 않아도 담백하고 깨끗한 모습이지. 그때 내 마음은 달려가서 꼬옥 껴안아주고 싶었어. 어쩜 내 마음이 전해진 것인지도 모르겠다고 생각이 되었어. 그래 영감이 옥순이 가슴에 닿아서 내게 오게 한 것이겠지.

오늘 낮에 내가 한 말 기억할 거야. 어제는 아침부터 옥순이가 보고 싶었어. 그렇게 보고 싶을 수가 없었어. 지금까지 만나오는 중에 어저께 내 마음이 제일 애타게 외쳐 부르고 있었던 같아. 보고 싶다고. 그리고 꼬옥꼬옥 내 품에 안고 싶다고. 그런데 아침에 옥순이가 와준 거야. 얼마나 귀여운지 난 마음껏 멋진 표정으로 웃었지. 흐드러지게 얼굴에 웃음을 떠었어.

어저께와 오늘 아침같이 언제나 옥순이를 탁 트인 마음으로 반기고 또 기다리는 하루와 하루이기를 바라. 생명체를 알아보고 인격체와 만나고 부딪치는 영혼은 생동하는 것이고 충만할 것이 틀림없어. 사람을 사랑하는 것, 그것은 습관적인 타성이거나 질투나 조바심에 기인하거나, 또는 욕정에만 그 근거가 놓여 있는 것만은 아닐 거야. 아마 그것은 애착이라고 할까.

사랑은 표표히 바람에 휘날리는 깃발과 같이 시원해야 할 것 같아. 그것은 구속이어서는 안 되고 우리를 자유롭게 하여야 할 것 같아.

1년 전쯤 불란서 시인 엘뤼아르의 시 몇 편을 읽은 적이 있어. 이 사람은 항독 레지스탕스 운동에 나섰던 사람으로 20세기 중엽의 위대한 시인의 하나였다고 해. 그 사람의 시 구절은 다 잊어버렸지만 엘뤼아르 시집 서문에 나오는 몇 마디가 생각이 나는군. 이 사람에게 '갈라'라는 부인이 있었어. 이지적이며 동시에 활달하고 대단한 미인이었던 모양이야. 그리고 육감적인 여자가 아닐까 추측이 되는군. 그 시인이 이 여자를 사랑할 때 자신은 구속감을 느꼈고, 희생을 요구하는 생활이었고, 또 인내가 필요했대. 그 여자에 대한 사랑은 자유를 대가로 지불해야만 성립이 되었던가 봐. 엘뤼아르는 이를 고통스러워하였고. 사랑과 자유는 양립이 불가능한 것으로 결론을 내렸었던 모양이지. 그런데 이 여자가 '달리'라고 하는 초현실파 화가와 미국으로 줄행랑을 친 다음에 그 시인은 러시아인가 헝가리인가로부터 온 '누쉬'라는 여자를 만나서 살게 된 모양이지. 이 여자는 피카소 그림에도 나오는 여자인데, 몸은 지극히 빈약하고 몸에는 애잔함이 서려 있었던 모양이야. 엘뤼아르가 이 여자를 사랑하게 되고 같이 살게 되었을 때, 그는 어떤 구속도 느끼지 않았고 오히려 해방감과 자유스러움을 느꼈다고 고백했더군.

이러한 내용의 글을 읽으면서 퍽 감동이 되었었어. 그때 내가 시인이 얘기한 모든 것을 알아들었다고 생각은 하지 않았지만, 그 말의 분위기는 느낄 수 있을 것 같았지. 사랑이란 걸리적거리는 것이 아니고 두려움과 불안의 형제가 아니고, 풋풋한 냄새가 나는 신선함일 것 같아. 사랑과 애착은 근본적으로 다를 것 같아. 옥순이하고 나의 그것은 우리를 구속하고 희생을 바쳐야 되는 것이 아니고 우리 둘 모두를 자유롭게 하고 충만케 해주는 그런 것이 되기를 바라.

변명 한마디. 오늘 아침 내가 기분에 취해서 옥순이가 아침을 먹지 않은 것을 깜빡 잊어버렸지. 미안해. 옥순이가 다 그런 것 아니냐고 했지. 제 배 부르면 남의 배고픈 것 모른다고. 기업주들이 모두 그런 것 아니냐고. 맞는 말이야. 우리 사회에서 다른 사람은 경쟁자 아니면 낯모르는 타인이고 지배, 착취의 대상이거나 복종할 권위일 뿐이니. 그러나 옥순이 말은 또 틀렸어. 옥순이하고 나는 인격체의 만남인데, 우리는 서로에게 무관심하지 않은데 그런 생각을 내가 하지 못한 것은 약간 부끄러운 일이었어. 변명하자면 기분이 너무 좋았던 탓이 아닐까.

나보고 주책을 떤다고 했지. 처갓집이니 친정이니, 또 꼼짝 못하게 하고 뽀뽀를 하겠다는 말이 주책에 속하는 것이라고. 그래 주책기가 있다는 것, 그렇게 틀린 말이 아닐 거야. 그러나 불순한 말은 아니야. 나 정말 옥순이 뽀뽀하고 싶어. 이런 글 보고 옥순이가 나 꼬집을지 모르지만 해야 할 말이니 할 수 없어.

나 이런 감정 상태에 싸인 적 두 번 있었어. 수유리에 놀러 가서 옥순이가 저편에 반듯이 누워 있었을 때와, 부천 집에 갔을 때, 아버지께서 몇 말씀 하시고 훌쩍 가버리신 다음 내가 놀리니까 옥순이 나한테 달려들 때 강렬한 충동을 느꼈지만 눌러버렸어. 나 지금도 그때 느꼈던 감정 조금도 불순하다거나 또 지저분하다고는 생각지 않아. 자연스러운 것이라고 생각해. 아니 당연한 감정이라고 생각해. 내가 옥순이를 농락하려는 마음은 전혀 갖고 있지 않음이 분명하니, 좋아하는 여자와 감촉을 갖고자 하는 것이 나쁜 일은 아니야.

허나 내가 그것을 꾹 누른 데에는 두 가지 이유가 있기 때문이야. 내가 옥순이 얘기를 들은 것은 1년 반이 넘지만 직접 본 것은 이제 두 달밖에 안 되지. 지금의 우리 관계는 시간에 비해 대단히 밀접한 것은 사실이야. 그렇다고 뭐 이상하거나 잘못은 없지. 내가 그런 감정을 구체화하더라도 나는 어색할 것 같지 않고 당당할 것 같아. 그러나 신중한 우리 옥순이가 혹시 감정을 다칠 수도 있을 것 같아. 억지를 부려서 자연스럽지 않은 기분에서 그런 행동으로 사내의 난폭함을 보여주고 싶지는 않은 것이 첫째 이유이고, 다음의 이유는 나 자신에게 있어.

옥순이와 뽀뽀를 하면 나 틀림없이 좋아할 거야. 좋아하는 정도가 아니라 탐닉할 것 같아. 내가 두려워하는 것은 이것이지. 탐닉할까 봐 두려운 거야. 빠져버리게 될 내 마음을 제어하지 못할까 봐 두려운 거야. 애정보다 애욕에 빠져버리지는 않을까 하는 두려움이 내게 있어. 성 충동은 무섭게 강렬하고 가끔은 나를 송두리째 흔들어놓는 것 같아. 사랑의 욕심은 아차 하는 순간에 뭉게구름같이 피어올라 걷잡을 수 없게도 되는 법. 이것이 두려워. 더 직접적으로 말하면 뽀뽀하고 나면 그다음에는 옥순이의 모든 것을 차지하고 싶어 할 것 같아 두려운 거야. 내가 그런 생각과 욕망에 휘둘려 옥순이의 모두를 갖고 싶어 하는 생각이 드는 것을 부끄러워하지는 않아. 다만 우리는 한국 사회에서 살고 있고, 이 사회의 성 도덕을 명백히 틀린 경우가 아니면 부정하기는 어려운 법이고, 우리가 깊은 관계를 맺었을 경우, 그때 옥순이가 사람들 눈치를 보게 될 것이지. 나는 그게 싫은 거야. 눈치를 보는 것, 그것은 우리의 인생이 아니야. 그것은 우리를 타락시키게 되고 자신의 생활과 행동을, 그 기준을 타인의 시선에 실어버리게 되는 것이고, 그러면 우리는 빈껍데기만 남아버리는 거야. 그럴 수는 없어. 언젠가 옥순이가 얘기했어. 결혼하고 나서 모두가 수긍하는 시간이 아닌 상황에서 애기를 낳으면 안고 친정에 가고 싶지도 않을 것이라고. 이것은 끔찍한 일이라고 생각해. 그런 것은 일어날 수 없어. 옥순이도 그러리라고 생각되는데, 다른 사람 속여서는 안 되지. 더구나 자신을 속여서는 안 돼. 떳떳이 공개하기 어렵다고 생각되는 일은 모든 노력을 다해서 회피해야 되지 않겠어. 이른바 속도위반인가를 한국 사회에서는 특히 지식인 사이에서는 손가락질하니까 피하고 싶은 거야. 혹시 이것은 만일의 얘기야. 옥순이가 감정적으로 또 이성에 의해서 그것은 옥순이에게 아무런 문제를 제기하지 않는다고 명백히 결론을 내리고 또 나에게 암시를 한다면 그때는 용감해지겠지. 아마 돌진해서 폭풍을 일으키리라고 생각이 돼. 이것이 지금의 내 심경을 솔직하게 끄집어낸 것이지. 이런 심정에 잘못이 있다고 생각되지는 않아. 나는 이렇게도 생각하고 싶어져. 나만 그런 것이 아니고 옥순이도 나와 비슷한 감정을 갖고 있어주기를 말이야.

화요일 아니면 수요일에 옥순이 어머니를 뵐 수 있겠지. 당연하지만 나 좀 긴장될 것 같아. 떨게 되지는 않겠지만 잘 보이고 싶어 할 것 같아. 가장 잘 보이는 것은 꾸밈이 없이 나 자신을 있는 그대로 보여드리는 것 아니겠어.

어제도 얘기했지만 지금의 내 처지에 대해서 자세히 물으시면 거짓말 하기는 싫고 어떻게 할까 하고 망설여져.《아무도 미워하지 않는 자의 죽음》에 나오는 한스나 조피의 아버지처럼, 어렵더라도 떳떳하고 보람 있게 살기를 어머니도 바라시겠지만 동시에 옥순이와 내가 같은 길을 걷고 있고, 지금의 상태도 같다는 것을 만약 아신다면 그것은 쉽지 않은 충격이야. 나는 그것이 부모의 당연한 마음이라고 생각해. 그렇다고 거짓말은 할 수 없어. 그렇게 적당하게 넘어갈 수는 없는 일이야. 어머니가 말씀하실 때, 이 대목에서는 가능하면 대답을 피하려고 해. 이런 말씀은 드려도 다음 기회에 어머니와 몇 번 뵙고 난 다음에 하는 것이 여러 가지로 좋다고 생각이 되거든. 하지만 나에게 자세히 꼬치꼬치 물으시면 나 말씀드리지 않을 수 없을 거야. 이때 옥순이가 꼭 거들어주어야 해. 알았지.

희은이라고 했나. 친구 결혼식에도 참석하지 못해 꽤나 울적했을 거야. 보고 싶은 친구들도 많이 만날 수 있었을 텐데. 또 결혼식은 연습할 수도 없는 것이니 이제부터는 주의해서 눈여겨봐야 하지 않겠어. 나중 어떤 날 당황하거나 떨지 않도록 그지! 오늘 옥순이가 가서 결혼식을 축하해주었으면, 신부가 옥순이한테 또 꽃을 주었을까. 그랬으면 좋았을 거야. 핑계 김에 일찍 결혼을 해야지 하고.

애기 잘 들었는지 궁금. 아마 오늘은 인정 심문만 했을 거야. 혹시 반대로 서둘러 끝내려고 본격적인 공판을 했을 수도 있겠지. 자세히 들어서 완전히 정리하여 머릿속에 기억할 수 있도록 해놓아야 되지.

하여간 모두 집유 정도 받는다면 옥순이는 해방의 날이 그렇게 멀지는 않게 될 텐데. 그때는 옥순이가 한잔 톡톡히 내야 될 거야. 약속해야 돼. 그러나 그렇게 될 날이 가깝지 않더라도 크게 낙담할 것은 없어. 지금의 입장에서 할 수 있는 것을 하려고 하는 것으로 위로할 수 있을 거야. 모든 것을 한꺼번에 해낼 수는 없는 것이니 꾸준히 해낼 수밖에.

얼마 전에 출감한 사람의 얘기를 들었어. 서울 서대문 큰집에서의 얘기인데, 대단들 한 모양이야. 3·1, 4·19, 4·26, 5·7 등에 안에서 크게 외치고 한 모양이야. 바깥에서는 하지 못하는 구호를 대담하게 외치고 아우성을 쳐 큰집 내를 수라장으로 만들고 한 모양이야. '물러가라'는 기본이고, '외세는 민족 분열에 대해 책임을 져라', '진정한 평화통일을 위해서 대화를 해라' 하는 등의 구호가 나왔고, 4월 26일은 큰집 인천 투쟁의 날로 정해서, 물 탄 고추장, 썩은 생선, 목욕과 이발, 운동 시간 등에 대해 노란 딱지 아저씨들이 노력해서 거의 완전한 승리를 거두었다고 해. 도 선생, 폭력 선생들은 노란 딱지들을 극히 신뢰하게 되었고, 이들을 독립군 아저씨라고 한다더군. 그 속에서 하도 신나서 나오고 싶은 마음이 없었대. 다시 들어갔으면 하는 마음도 생기더라나.

이들은 삥끼통 옆 냄새나는 자리에 제일 나쁜 곳에 스스로 자리를 정하고 자고, 궂은 일 예컨대 배식 같은 것도 도맡아서 하는 모양이야. 장한 일이야. 이런 데서 사람의 폭이 정말로 넓어질 거야. 모두들 유쾌하고 건강하게 지내고 있다는군. 이곳에 들어가는 사람이 많을수록 더 좋게 되는 면도 있는 거고.

오늘 오후에 옥순이하고 헤어져 대포를 한잔했어. 보일러실에 들어와서 몇 가지 일을 끝내고 나니 8시 반쯤 됐나. 같이 밤 근무를 하는 사람들이 '나이롱뺑'을 해서 냉면을 사먹자고 하더군. '그래 장난 화투 한번 해볼까. 오늘 돈 좀 잃어주어야겠군' 하며 무려 스물네 판을 했나. 결국 내가 꼴찌야. 돈 700원을 냈지. 하다 보니까 잘하고 싶어져 약간 몰두를 했었어. 실제로 재미도 있고. 옥순이네 동네는 '교과서'라고 부른다지. 그런 점도 있어. 감정이 미묘하게 변하기도 하고, 그런 자기감정에 문득 마주쳐 화들짝 놀라기도 해. 그런데 이 사람들 약간 속임수들도 쓴 모양이지. 한 사람, 왜 나 많이 구박했다고 하는 사람이 끝나고 나서 툴툴거리더군. 그러면서 이런 것 자주 하면 안 된다고 하면서, 외상이 많이 깔려 월급날 집에 갖고 들어갈 돈이 적게 될 때의 아픔을 얘기하더군. 꽤 신통해. 오늘 이 사람이 나에게 큰 호의를 보이면서 여기 오래 있으면 안 된대. 왜 그러냐니까 월급도 짜고 겨울이 되면 추워서 견디기가 어렵대. 가능하면 빨리 옮기래. 그래서 당신 가진 기술 좀 많이 가르쳐달라고 했지. 그러마 하며 흔쾌히 대답을 했어. 화투 끝나고 700원짜리(실은 300원이지만) 냉면 한 그릇 먹고, 우리 옥순 아가씨에게 세 번째 편지 쓰는 거야. 오늘은 아침부터 저녁까지 내내 유쾌했어.

3시 20분 교대할 시간이 되었어. 이제는 즐거운 잠잘 시간. 내일 만나요. 안녕.

5월 28일 泰 씀

옥순이를 생각하며

지금은 새벽 1시, 내가 있는 기관실은 보일러가
지르는 소리로 귀가 완전히 먹먹해 지는군.
오늘은 공장의 작업량이 않지 않은 모양이야,
보일러에 걸리는 압력은 보통 5 kg/cm^2 정도를 유지
하는데, 자꾸 압력이 올라가서 기계를 정지시켜야
해. 현장에서 일하는 사람은 좀 편하겠지.
지금 책상에 앉아서 전번에 얘기한 장문의 편지를
마쳤어. 밤 11시가 되니까 사실 내 마음이 조금
불안해 졌어. 좋지않은 일은 발생하지 않으리라고
생각이 되는데도 말이지. 어저께 신었던 예쁘고
자그마한 신발을 신고 조용히 조심스럽게 발걸음을
옮겨 들어갔을 꺼야. 사방을 지나치게 두리번 거릴
정도로 긴장하지는 않았겠지만 마음은 꽤나 불안했겠지.
대문을 열 때 삐걱하는 소리는 나지 않았는지,
셋 방 든 사람은 모두 잠들어 있지는 않았을 거야.
그렇지. 참 대문 빗장은 열려 있었는지 모르겠네.
대문이 한식이면 소리는 꽤나 요란 했을 꺼야.
개는 없었겠지. 혹시 옥순이 발자욱 소리에 동네
개들이 놀라서 짖어대지는 않았을까. 지난 번
옥순이 하는 얘기로 미뤄보면 뒷집이 꽤 떨어져
있어 멍멍군들이 커다란 올드미스 발자욱 소리를
귓가로 스쳐 보냈을 것 같기도 하군.
엄마가 먼저 오셨나. 옥순이가 먼저 들어 갔나.
옥순이가 방에 들어 섰을 때 혹시 웃등이 매캐해
지지는 않았을까. 더때 오랜간만에 눈익은 것

지금은 2시 반이군. 나 있잖아. 30분 후면
근무가 끝나. 8시 부터 잠자리에 들어 7시에 깨는
거야. 지금도 옥순이는 잠이 안 오겠지.
내일 아침 8시의 퇴근 했다가 6시 반에 다시
들어 와야 해. 근무시간이 변경이 되지 않았어.
매일 낮동안 기다리게 되는 것 조금 초조하겠지.
아마 필경 전화를 걸어 연락이 왔는지 물어 보겠지.
매일 아침 때가 헷갈리고 있구먼. 오는이지. 오늘 저녁
7시에 만나지 못하게 되는 일이 절대로 있을 리
없겠지만, 그러나 이왕이면 나도 컵이다 찬 을
받아 놓고 한번 머리 숙여 볼까.
에이 그런 일도 없는 거고 다 쑥쓰러워 질 하지
않겠어. 하여간 그런 마음이 드네.
내일 만나면 내가 꼭 옥 손을 잡아 줄께
따뜻한 손끼리 손을 마주 잡아. 그 시간에 너가
또 근무이니까 오래 있지는 못할거야.
대신 이 글을 읽어.
모레도 태양은 떠오르고 그러면 또 만날 수 있을
것이고 하는 헤아림이 있어 아쉬움은 작게 할
수 있겠지.
자 그러면 여백을 남겨두고 오늘은 안녕히
1978. 5. 16.
泰 씀

옥순에게 보내는 첫 번째 연애편지, 1978년 5월 6일.

103

옥순이게 보내는 둘쨋번 편지

지금은 새벽 1시
보통 새벽 1시는 만물이 잠드는 고요한 밤이라고 하지.
그러나 지금 내가 앉아 있는 이 곳은 시끌덤벙하기
적이 없어. 보일러가 악다구니를 쓰며 돌아가고
있으니 말야. 보일러에는 팬, 버너, 펌프등이
있어 각각 아우성을 치고 있는 중이야.
맨 처음에는 고롱스럽더니 이젠 견딜만하고 언젠가는
감미로운 멜로디 같이 들릴수도 있을까?

그저께 저녁에 택시에 내려서 내가 힐끗 옥순이를
쳐다 봤을 때의 그눈, 그때의 옥순이 눈
퍽이나 인상적이었어.   눈이 온통 연민으로 만원이
되어 있었지. 내가 약 30분 정도 늦어서
호되게 구박을 당할까라고 생각해서이겠지.
아마 내가 뛰어 들어 오고 난 뒤 우리 아가씨
가슴은 아파서 젖어질 것 같지 않았을까 모르겠군.
걸어가면서 눈에 눈물이 그렁 그렁 고였을 지도 모르지.
그러나 아가씨, 옥순 아가씨
내 얘기를 들으면 쉬이 안그래도 되는 것인데
괜히 가슴을 콩닥콩닥 죄이고 했어 하며 또 덤빌
꺼야. 공장에 들어서기가 우섭게 내가 한마디 했지.
늦어서 미안하다고 진짜 미안하다고 했더니 그것으로
끝이야. 그 날 나하고 근무했던 사람은 마음이
몹씨 착한 사람이야. 아니 어쩌면 여린 사람일꺼야.
속으로는 좀 미쳤겠지. 허지만 겉으로는 웃더군

옥순에게 보내는 두 번째 연애편지, 1978년 5월 24일.

옥순에게 띄우는 세 번째 연애편지

담벼락에 기대어 서 있는 옥순 아가씨 모습
박꽃히 화안 하더군. 노곤한 기분에 취해 뛰뚱대며
나오고 있던 내 눈에 흰 박꽃이 비쳤어.
어여쁘거나 화려하지는 않아도 담백하고 깨끗한
모습이지. 그 때 내 마음은 달려가서 꼬옥
껴안아 주고 싶었어. 어쩜 내 마음이 전해 진
것인지도 모르겠다고 생각이 되었지.
그래 영감이 옥순이 가슴에 닿아서 그게
오게 한 것이겠지.
오늘 낮에 내가 한 말 기억할 꺼야.
어제는 아침부터 옥순이가 보고 싶었어. 그렇게 보고
싶을 수가 없었어. 지금까지 만나 오는 중에 어저께
내 마음이 제일 애타게 외쳐 부르고 있었던 것 같아.
보고 싶다고, 그리고 그리고 꼬옥 꼬옥 내 품에
안고 싶다고. 그런데 아침에 옥순이가 와 준거야
얼마나 커여운지 난 마음껏 멋진 표정으로 웃었지.
흐드러지게 얼굴 뜀에 웃음을 띠었어.
어저께와 오늘 아침 같이 언제나 옥순이를 확 트인
마음으로 받고 또 거닳되는 하루의 하루이기를 바라.
생명체를 알아 보고 인격체와 만나고 부딪치는 영혼은
생동하는 것이고 충만할 것이 틀림 없어. 사랑을 사랑하는
것, 그것은 습관적인 타성이든지 또 질투나 조바심에
기인하는 그런 것이 아니고, 마찬가지로 특정에만 그 근거가
놓여 있는 것은 아닐 꺼야. 아마 그것은 애착 이라고
할까.

옥순에게 보내는 세 번째 연애편지, 1978년 5월 28일.

1986년 수유리 맑음

수유시장에 가까운 골목 끝 1층 주택이었다. 마당이 넓었고 포도나무 넝쿨이 집 벽을 타고 지붕까지 올라갔었는데, 여름이면 주렁주렁 열린 포도 따 먹는 재미가 있었다. '뽀삐'라는 강아지도 있었다. 유치원이 끝나면 큰집으로 가서 학교에서 늦게 돌아오는 언니, 오빠 들을 기다렸다. 그때 강아지와 마당의 나무, 돌이 나의 친구였다. 큰집 마당에서 모래 놀이, 소꿉놀이를 했다.

{ 인재근의 편지 }

여보! 오늘은 매우 기쁜 날이에요. 함박눈이 내렸죠. 그리고 제가 처음으로 남 앞에서 눈물을 보인 날이죠. 여보! 오늘 근옥이가 시집갔어요. 엄마가 서운해서 우셨어요. 근옥이를 보내는 것은 후련하실 텐데 당신을 생각하여 우셨지요. 퍽 많이 늙으셨어요.

지금도 열쇠로 찰카닥하고 문을 열고 당신이 들어올 것만 같아 기다리고 있죠. 당신을 만난 이후 줄곧 수유리에 가 있었어요. 병준이도 상우와 함께 유치원에 다니고, 그래서 집을 옮기려고 했죠. 매매가 안 되어 전세라도 놓고 가려고 했지만, 당신 없이 나 혼자 이사하는 것이 엄두가 안 나서 주저앉고, 봄에 다시 생각해보려고 해요.

오늘은 송월동에 가서 엄마를 위로하며 자려고 했는데 병준이가 역곡 집을 너무 그리워해서 오게 되었어요. 집에 오니 당신 생각이 더욱 나는 것 같군요.

　그동안 나는 당신이 나의 머릿속에, 가슴속에 눈동자 속에 있기 때문에 보고 싶지 않다고 자위하면서 살았어요. 그런데 오늘은 안 그래요. 이렇게 오랫동안 만날 수 없을 줄 알았다면 그때 당신을 놓지 않을 것을… 하는 아쉬움만 더하는군요. 그때는 당황해서 내가 할 수 있는 일을 충분히 하지 못한 것 같아요. 날이 갈수록 당신의 아픔이 나에게 전달되고, 나의 가슴이 쓰립니다.

　오직 나의 소망은 당신이 건강을 회복하는 것입니다. 나는 당신을 오래 보지 못한다 해도 당신이 건강만 하다면 그것으로 족합니다. 당신이 주신 귀중한 병준이, 병민이가 내 곁에 있기 때문에 외롭지 않아요. 나만이 이 귀여운 아이들을 보는 것이 당신에게 미안해요.

　병민이는 초기에는 아빠가 보고 싶다고 많이 울었어요. 지금은 아빠가 집에 안 와서 밉다고 합니다. 수유리 식구들의 귀여움을 독차지하고 있죠. "아마" "특히" 등의 부사를 사용하여 이야기를 똑똑 떨어지게 잘하죠. 그동안 수두를 했어요. 지금은 병준이가 수두를 하죠. 조금 전까지 등을 문질러 주었어요. 똥궁, 고추까지 발진하였어요. 병준이는 거의 다 알고 있지만 표현을 잘 안 해요. 병민이가 "엄마! 오빠가 그러는데 아빠가 경찰서에 갇혀 있다는데 그게 사실이야?" 하는 질문에 나는 대답을 잃었어요.

여보! 당신이 짐작하겠지만, 나는 요즘 매우 바쁘게 지내요. 그래서 내가 당신의 좋은 아내, 아이들의 좋은 엄마가 되지 못하는 것 같아요. 그러나 당신은 나를 이해할 수 있으리라 생각해요. 그동안 당신이 나와 아이들에게 자상하고 좋은 아빠이자 남편이었다고 생각되며, 그것은 당신의 뛰어난 능력이라 생각돼요. 그것은 내가 지금 그렇지 못하기 때문이에요.

여보! 노랗게 물들어 떨어진 은행잎을 뾰족한 하이힐에 꽂은 채로 걸어가는 어떤 여자의 뒷모습을 보며 계절을 느끼고, 당신에게 편지한다는 것이 함박눈이 내리는 지금에야 몇 자 적는 나를 반성합니다. 이 편지가 당신에게 전달되기 위해 다른 이야기는 안 합니다. 참! 아버지가 멋쟁이 옷을 사주셨어요. 당신도 보면 놀랄 거예요.

당신한테 반말로 지껄이다 편지에 존대하려니 어색하네. 신랑! 우리 악착같이 오래 살자. 신랑두! 요가 열심히 하고, 콩밥 꼭꼭 씹어 먹고, 건강해. 알았지. 다시 편지할게. 병준, 병민이 사진 하나 넣어 보낼게.

당신 색시 재근이가

1985년 11월 30일

여보! 오늘 당신 옷을 받았어요. 병준이, 병민이와 함께 구치소에 갔었죠. 병준이가 아빠 면회할 수 있는 거냐고 자꾸자꾸 물었어요. 다시 큰집으로 왔어요.

당신의 인감도장인 병준이가 너무도 당신과 비슷한 행동을 해서 그 이야기를 하려고 해요. 기억하실지 모르는데 당신 집 떠나기 직전에 병준이가 당신 배에 얼굴 비비다가 "아야야" 하고 귀 언저리를 만진 적이 있을 거예요. 병준이 귀에 구멍이 있는 거 아시죠. 오른쪽 귀(구멍 바로 밑)에 생살 앓이를 하였답니다. 지금 근 3개월이 넘도록 앓고 있죠. 그동안 외과 수술을 하였답니다.

할머니 사시는 인천에서 수술하는데 간호원도 발로 차고 한마디로 난리를 친 모양이에요. "나는 이렇게 아프면 차라리 죽겠다"고 의사도 때리고 해서, 간호원이 병준이를 때리고, 몇 사람이 붙고, 부분 마취를 하여 겨우 수술이 가능했다고 합니다. 인천에서 계속 치료하다 서울로 왔는데 다시 재발하여 소염제, 항생제를 먹이고 소독하는데 손도 못 대게 야단이군요. 나에게 "나는 엄마 배 속에서 안 나온 것 같다"느니, "엄마는 나쁜 엄마라고 서울, 역곡에 소문을 내겠다"느니 협박하고 있답니다.

지금 겨우 소독하고 고약을 붙여 재웠답니다. 여보! 당신 목 밑에 상처. 가히 짐작이 갑니다. 왜 그런 것까지 닮는 것인지. 정말….

요즘 병민이는 혼자 머리도 감는답니다. 청소도 제법 하죠. 아빠에게 편지 써준다면 만사 오케이. 아주 말을 잘 듣죠. "엄마는 큰집에서는 왜 회사에 많이 가?" 병민이의 질문입니다.

너무 기억력이 좋고 똑똑해요. 한때는 아빠가 보고 싶다는 것을 무기로 엄마를 괴롭혔죠. 자기 요구가 관철되지 않으면 울면서 "나는 아빠가 보고 싶은 거야! 아빠! 아빠!" 하면서 울어댔습니다. 그러면 엄마는 가엾게 여기고 모든 요구를 들어준다는 것을 알았기 때문이죠. 한마디로 깜찍한 년이에요. 누구를 닮았는지 모르겠어요.

당신이 시집을 보고 싶어 한다고 들었어요. 몇 권(여섯 권)을 넣었는데, 그중 불허되어 나왔고(세 권) 오늘 세 권을 다시 넣었어요. 시집을 모아서 착실히 넣어드릴게요. 미안해요. 내의는 다섯 벌쯤 넣은 것 같아요. 그중 순모 내의가 있으니 그걸 입으세요. 따뜻할 거예요. 비싸거든요. 담요는 세 장 넣었어요. 이런 모든 것을 확인할 수 없어 답답하군요.

무엇보다도 당신 건강이 제일 걱정이에요. 밖의 일 걱정은 하지 말고 잠 많이 자고, 많이 먹고, 요가 열심히 하세요. 전 세계적으로 당신을 위해 애쓰는 여러 사람들이 있으니 당신 외로워하지 마세요. 당신한테는 끔찍한 두 자식과 아내가 있다는 것을 잊지 마세요. 먼 옛날 당신이 나에게 말했어요. 사랑은 표표히 날리는 깃발과 같은 것이요, 정성스레 가꾸는 난초와도 같은 것이라고. 당신과 함께 사는 동안은 그렇게 느꼈지만 더욱 가슴에 와닿는군요.

여보! 내의가 너무 더러워질 때까지 입지 말고 빨래를 빨리 내보내세요. 당신의 인감도장 병준이를 보냅니다. 이 편지가 전달되기를.

1985년 12월 2일, 밤 11시 30분

당신 색시 재근이가

병민이 아빠에게.

적어도 이틀에 한 번꼴로 당신의 편지를 받는 것은 매우 기분 좋은 일이에요. 오늘도 어김없이 10시를 채우고 집에 돌아올 수밖에 없는 나에게 자고 있는 꼬마들과 당신의 편지는 희망과 기다림으로 다가왔어요. "뭘 그렇게 뛰어와, 넘어지려고. 내가 아이들을 지키고 있는데" 하며 당신이 나를 위로하는 듯했어요.

요즈음 나는 당신을 닮아가고 있죠. 당신은 졸다가 정거장을 지나쳤지만 나는 작년 9월 이후 넋을 놓고 생각하다 정거장을 지나친 것이 한두 번이 아니죠. 오늘도 버스는 어두컴컴한 우이동 골짜기로 가고 있잖아요. 일이 당신이 바라는 대로 또한 내가 바라는 대로 잘 진행되지 않아 우울한 마음으로 집에 돌아오는 길이거든요. 한편 당신에게 미안한 마음으로…. 면회를 자주 가면 운동도 되고 맑은 공기도 마실 수 있을 텐데 하는 생각도 하면서 돌아오던 길이거든요. 하여간 실무에 시달려 정신을 못 차리는 꼴이에요.

또 오늘 아침 병민이를 야단치며 집을 떠났기 때문에 늦게 오는 것이 마음에 부담이 되었거든요. 아침마다 패션에 신경 쓰는 딸년 때문에 골치예요. 스타킹과 원피스 내지는 스커트를 한두 벌 더 마련해야겠다는 생각이에요.

당신은 오직 웃음만 나올 거예요. 병준이랑 너무 대조적이에요. 밥을 안 먹고 주로 간식을 즐기는 편이고, 병준이는 요즈음 식욕이 나는 모양이에요.

아침에 같이 나가서 하교하여 큰집으로 가서 누나들과 놀다 저녁 식사를 하고 집에 와 자지요. 누나들이 당번을 정하여 한 명씩 우리 집에 와서 자게 되는데 조카들에게도 미안해요. 아침 일찍 집으로 돌아가거든요.

여보! 당신께 우리 집 약도를 그려 보낼게요.

우리 동네는 모두 2층집 주택가. 우이시장이 가깝죠. 우리 집은 겉에서 보기에 좋은 2층집이죠. 아래층에 두 가구가 살 수 있게 되어 있고, 2층에 주인이 넓게 차지하고 살죠. 우리 병준이 병민이는 주인아줌마를 의식하고 "주인아줌마, 주인아줌마" 하고 부르며 인사를 깍듯이 하곤 하죠. 아이들이 아주 민감하더군요. 우리 집의 내부 구조는 다음과 같아요.

대충이래요. 안방은 제법 넓고, 대부분 다 좁아요. 연탄보일러인데 부엌에 보일러가 있어 자리를 차지하여 더욱 좁죠. 그래도 살다 보니 괜찮다는 생각이 들어요. 그럼 내일모레 만나요.

1986년 3월 25일 새벽 1시 15분

재근이가

병준아, 병민아 잘 있었니.

병준아, 귀가 아파서 수술을 했다지. 얼마나 아팠을까. 그
런대로 용케 참고 견뎌낸 병준이를 아버지는 자랑스럽게 생
각한단다. 이제 얼마 있으면 병준이는 학교에 입학하게 되지.
축하한다, 김병준. 언제 너와 같이 학교에 갈 것을 약속한다.

병민아, 너 아빠가 보고 싶다고 소리치고 울기도 한다지.
그래 아빠도 네가 보고 싶어서 달을 쳐다보면서 너를 부르
고, 부르고 했단다. 병민이, 병준이를 잔등에 올려 태우고 마
루를 기어 다니던 아빠를 기억할 거야. 이제 너희들이 무거
워져서 아빠가 납작 오징어포가 되지 않을까 걱정이다. 병준
이, 병민이, 언니 누나들하고 재미있게 지내라 안녕.

1986년 1월 26일 편지 중에서

병준아, 병민아.

이사한 새집에서 엄마와 잔다지. 병준이는 선생님이 부르시는 데에 크고 확실하게 "네"라고 하였다지. 그래, 자신감을 갖고 학교생활 하는 거야. 아직 낯설고 새로운 것이 많아 서먹서먹할지도 모르지만 병준이는 잘할 거야. 참 별표도 많이 받는다지. 축하한다.

병민아, 아빠가 보낸 편지를 네 주머니에 넣거나 안고 잔다지. 고맙고 귀여운 병민아. 아빠를 사랑해줘서 고맙다. 나도 병민이의 귀여운 행동에 대해서 엄마한테 듣고 그것을 생각하면서 혼자서 자꾸 웃는단다. 잘 있어라. 병민아.

1986년 3월 20일 편지 중에서

———————

병준아, 병민아 잘 있었니?

의젓하게 학교로 걸어가는 병준이 뒷모습을 떠올리고 아빠는 가슴을 내민단다. 자랑스러워하며.

김병민, 너 부끄러워한다며. 유치원에서 말이야. 당돌한 네가 그런다고 하니까, 실실 웃음이 나오는구나. 아빠도 너의 그런 모습 보고 싶구나.

1986년 3월 22일 편지 중에서

———————

　병민아. 네가 그린 그림을 아주 잘 받아보았다. 엄마가 보낸 편지 속에 있는 병민이 네 그림 속에서 따뜻한 숨결과 손길을 더듬어보았단다. 그림을 아주 잘 그리는구나. 아빠의 눈에 표정도 있고, 실제보다 더 멋있게 그려줘서 고맙고. 그런데 다음에 그릴 때는 야단치는 아빠 말고 병민이 너를 예뻐하는 아빠의 모습을 그려주지 않겠니. 그러면 아빠는 더 좋아할 거야. 기다릴게 병민아. 잘 있어라. 의젓한 김병준이 다음에 아빠가 편지할게.

1986년 3월 25일 편지 중에서

{ 김병민의 글 }

우리는 친척들과 엄마, 아빠 주변의 후배들(난 삼촌, 이모라
부른다)의 도움으로 바쁜 엄마, 부재중이었던 아빠의 빈자리
를 메우며 자랐다. 특히 어린 시절 수유리 큰아버지 댁은 거
의 우리 집이나 다름없을 정도로 자주 머물렀다. 수유리 집
은 아빠가 대학 때부터 할머니, 고모, 큰아버지와 살았던 집
이라고 들었다. 수유시장에 가까운 골목 끝 1층 주택이었다.
마당이 넓었고 포도나무 넝쿨이 집 벽을 타고 지붕까지 올라
갔었는데, 여름이면 주렁주렁 열린 포도 따 먹는 재미가 있
었다. '뽀삐'라는 강아지도 있었다. 유치원이 끝나면 큰집으
로 가서 학교에서 늦게 돌아오는 언니, 오빠 들을 기다렸다.
그때 강아지와 마당의 나무, 돌이 나의 친구였다. 큰집 마당
에서 모래 놀이, 소꿉놀이를 했는데 혼자서도 몇 시간이 훌
쩍 지나가는 줄도 모르고 재미있게 놀았다. 바닥에 떨어진

빨간 기와 조각을 돌로 빻아 붉은 가루를 만들고 물을 부어 고추장을 만들었다. 만든 고추장을 그릇에 담아내어 상을 차렸다. 나 때문에 큰집 마당의 넓적한 돌들은 모두 빨간색으로 변해 있었다. 1, 2, 3, 4 숫자를 바닥에 써놓고 돌을 던져서 경중경중 뛰며 혼자 땅따먹기 놀이를 하기도 했다. 시간을 보내다 보면 학교가 끝나고 오빠와 언니 들이 돌아왔다.

큰집에는 여덟 살 많은 지은언니, 여섯 살 많은 하정언니, 다섯 살 많은 정은언니가 있었다. 큰집 막내 상우오빠는 나보다 두 살 많았다. 이렇게 큰집 네 명과 세 살 많은 김병준 오빠, 막내인 나까지 여섯이 어린 시절을 같이 보냈다. 이때 언니들과 시간을 같이 보내서 다른 사촌들보다 많이 각별한 편이다. 애기를 낳은 지금도 힘든 일이 생길 때 언니들에게 기대는 편이다. 처음 초등학교에 들어갔을 때 언니들 손잡고 학교에 다녔다. 내가 학교에 가지 않겠다고 떼를 쓰는 날이면 큰엄마와 큰언니가 나를 업고 학교까지 뛰어가기도 했다. 인재근 엄마는 병민이는 언니들이 반은 키웠다고 말할 정도이다.

큰집은 엄마, 아빠의 빈자리를 참 많이도 채워주었다. 큰집에서 저녁까지 먹고 잠들 때도 많았고 언니들이 당번을 서가며 오빠랑 나랑 함께 우리 집에서 자기도 했다. 또 오빠랑 둘이 잘 때면 김병준 오빠에게 꼭 내가 잠든 다음에 자야 한다며 다짐을 받아냈지만 초저녁잠이 많은 오빠가 먼저 잠들어버리기 일쑤였다. 아무리 깨워도 오빠는 못 일어났다. 그럴 때는 항상 언니들한테 전화하면 막내 무서워할까 봐 한달음에 달려 나왔다.

갑자기 아빠는 사라지고 새로운 동네로 이사하는 상황에 식구 많은 큰집에서 복작거리며 어울린 것이 오빠와 나에게 많은 도움이 됐다. 아이들이 여럿이어서 밥도 경쟁적으로 먹었다. 원래 입속에 밥을 우물우물하며 잘 삼키지 않는 나였다. 밥을 먹지 않으려 해서 엄마를 애먹였었는데 큰집에서는 밥을 잘 먹었다. 밥과 반찬이 순식간에 사라져버렸기 때문에 밥맛이 없을 수가 없었다. 큰아버지와 저녁을 함께 먹을 때면 생선을 발라 내 숟가락 위에 올려주셨다. 큰아버지는 아빠와 형제이니까 닮은 구석이 있었는데, 가장 닮은 점은 냄새였다. 아빠에게 나는 약간 구수한 땀 냄새가 큰아버지에게 안기면 똑같이 났다. 목소리도 비슷해서 눈을 감으면 김근태 아빠에게 안겨 있는 것 같았다.

큰집에서 저녁을 먹고 난 뒤 일과는 자전거 타기였다. 아직 자전거를 못 탈 때여서 난 항상 언니들 자전거 뒤에 탔다. 신나게 쌍문중학교에서 한일병원, 다시 수유시장의 큰집 골목까지 내리막길이 있는 곳을 찾아 씽씽 달렸다. 신나게 동네를 누볐다. 언니들 허리를 잡고 달리면 덜컹덜컹하는데 꼭

청룡열차를 타는 기분이었다. 아직도 그때 자전거 타던 얘기
를 나누곤 한다.

 큰엄마는 엄마 역할을 해주셨다. 유치원 생일 파티 때도
큰엄마가 오셨고, 운동회 때에도 큰엄마와 이인삼각을 했다.
유치원 사진 속 엄마의 자리는 큰엄마가 채워주셨다. 아빠,
엄마의 부재의 시간과 어린 시절 기억을 채워준 것은 큰집
가족들이었다.

인병민 딸에게

병민이가 딸이기 때문에, 여자아이이기 때문에 무시되고 소홀히 여겨지는 경우는 우리 집에선 지금까지 없었고 앞으로도 영원히 없을 것이다. 만일 그런 일이 발생할 경우 병민이가 가만있지 않을 것이고, 엄마 또한 나설 것이다. 그리고 이 아빠도 거기에 가담할 것이고, 병준이 또한 그렇게 할 것이다.

인병준과 인병민에게.

겨우내 미뤄두었던 두꺼운 빨래를 하기 시작했다. 날씨가 추운 동안에는 엄두가 나지 않아서 뱀이 허물을 벗듯이 속옷과 두꺼운 스웨터를 그냥 벗어 차곡차곡 쌓아놓았다가 이제 빨래를 시작했는데 그래도 아직 한참 남아 있구나. 날씨가 풀리면서 아버지가 여기서 제일 처음 하기 시작한 것이 빨래였고, 그렇게 함으로써 마음 한구석에 남아 있던 부담감이 조금씩 덜어지고 있는 중이다.

탈수를 하고 바깥 조그만 마당에 있는 빨랫줄에 말려도 워낙 문 열어놓고 있는 시간이 짧아 채 마르지 않은 상태로 다시 방 안에 걸어놓고 말리게 된다. 이렇게 방 안에 걸어놓은 빨래를 보면 상당히 자랑스럽고 흐뭇한 기분이 된다. 그리고 빨리 말라주었으면 하는 바람에 가끔씩 일어서서 얼마쯤이

나 말랐는지 만져보곤 한단다. 그러다 누가 보면 실없는 사람이라고 하지 않을까 싶어 멋쩍게 혼자 웃기도 하고 말이다. 너희들도 빨래를 해봐서 알겠지만 그게 뭐 특별한 기술을 요구하는 것은 아니고, 약간의 요령에다가 힘이 요구되는 것이지 않니.

여기서 이번 징역살이는 밝고 명랑하게 살려 하고 있단다. 그러나 애들아, 그래도 어쩔 수 없는 일인지 지내다 보면 가슴에는 설움이 고이곤 하는구나. 너희들이 보고 싶고, 너희들을 껴안고 싶고 그리고 자유로운 공기도 실컷 마시며 저 높은 하늘로 힘껏 머리를 젖혀 바라보고 싶구나. 너희들하고 엄마와 함께 말이다.

바로 그런 기분이 될 때쯤 나는 빨래를 한다. 정신없이 빨래를 하다 보면 비누 거품을 헹구는 물과 함께 눈물처럼 고여 있던 슬픔이 나에게서 빠져나가버리는 것이 느껴진다. 그리고 보너스처럼 그와 함께 노곤함, 유쾌한 피곤함도 몰려오고 말이다. 이러고 나면 며칠 동안 랄랄라 하면서 산단다. 아주 쾌활하게 말이다.

그러나 빨래는 쉬운 것이 아니다. 쪼그려 앉아서 하니까 허리가 아프고, 또 빨래가 많으면 어깻죽지와 등도 뻑적지근할 때도 있고 심한 경우 특히 담요 같은 것을 빨고 난 다음에는 몸살기 같은 것으로 인해 드러눕게 될 때도 있다. 하지만 무엇보다 고약한 것은 빨래가 끊이지 않고 닥쳐오는 것이다. 우리가 옷을 입고 사는 한(또 그럴 수밖에 없는 것이고) 빨래는 반드시 해야 하는 것이니까 말이다.

이번 겨울 동안 안양에서 이곳 홍성으로 옮기는 바람에 어수선하여 빨래를 미뤘더니 정말 산더미처럼 되고 말았다. 그러니 이것들을 모두 빠는 것이 큰일, 큰 짐이 되고 만 것이다. 그런데 이 중에는 누구 다른 사람 것은 없고 모조리 아버지 혼자만의 것이었는데도 그렇게 되었다.

미뤘던 겨울 빨래를 하면서 옛날을 생각하지 않을 수 없구나. 너희들의 호랑이 할머니, 아빠의 어머니를 생각하면서 송구스럽고 그러면서 한편 가슴이 저리는 것은 어쩔 수 없구나. 빨래 더미에 묻혀 허우적거리다가 한세상을 사신 것같이도 여겨지기 때문이다.

이불 빨래 할 때가 되면 미리부터 근심 걱정을 하시다가 그 홑청에 풀 먹이고 다림질하고 이불 꿰매놓곤 영락없이 몸살을 앓으셨던 할머니셨다. 추운 겨울 찬물로 빨래를 하여 손등이 터지는 것은 매년 틀림없이 찾아오는 행사였고, 그래서 언젠가 춘천 고모가 사온 '와세린'이라는 약품을 손등에 바르고는 손이 부드럽고 아프지 않다고 좋아하시던 모습이 눈앞에 뿌옇게 떠오르고 있다. 그때도 이 아빠의 마음이 좋았을 리는 없지만, 그럼에도 실제로는 어떤 도움도 드리지 않았던 것이 부끄러움과 한으로 나에게 남아 있구나.

병준아, 병민아. 너희들이 홍성에 두 번째로 왔을 때지. 왼쪽에 병민이, 오른쪽에 병준이, 앞쪽에 인재근 엄마가 앉아 낄낄, 깔깔댔을 때였을 거다. 아버지가 빨래하는 얘기가 나오자 병준이가 약간 부정적인 반응을 보였었지. 병준이 너는 아니라고 했지만, 그때 "뭐 남자가 빨래를 해…"라는 듯한 얘기가 병준이의 몸짓과 어감 속에 담겨 있는 듯 느껴졌었다.

나는 마음속으로 쩔끔하였다. 너희들에게 빨래는 여자만 하는 것이 아니다. 또 그것은 힘이 드는 것이니까 오히려 남자에게 더 맞는 일이라고 설명을 하면서도 마음이 개운치 않았다. 그리고 내 말에 힘이 없는 것을 스스로 느끼고 있었다.

애들아, 빨래에 대해 아빠가 너희들에게 말한 것은 맞는 것이고, 지금도 그렇지만 바깥에서 너희들과 같이 살 때도 이미 그렇게 생각하고 있었다. 너희들에게 말하면서도 자신 없어 했던 것은 그런 생각을 갖고 있으면서도 실제로는 이 생각대로 해오지 못했기 때문이고, 이번에 다시 나가더라도 그것이 크게 바뀔 것 같지 않기 때문이었다. 너희들도 봤겠지만 아빠도 세탁기를 돌려서 빤 빨래를 줄에 널기도 하고, 마른 것을 걷어다가 개키는 것을 본 적이 있을 게다. 자주 하지는 못했지만 말이다. 너희들이 아가였을 때 너희들의 오줌, 똥이 묻어 있는 기저귀도 빤 적이 있었다.

물론 아빠는 바쁘고 바깥에서 할 일이 많기 때문에 시간이 부족해서 그런 점도 있고, 솔직히 말해서 게을러서 그렇기도 하지만 가장 중요한 것은 다른 이유 때문이다. 머릿속으로 는 엄마와 똑같은 책임이 있다고 생각하면서도 가슴으로는 슬며시 미루는, 여자인 엄마에게 미루는 이 사회의 오랜 습 관적 회피에서 아빠 또한 크게 벗어나 있지 못하기 때문임을 인정치 않을 수가 없다. 결국은 엄마가 맡아서 하지 않을 수 없도록 못 본 체하며 버티는 것이라고 할 수 있겠지. 그때마 다 엄마는 져주고, 알면서 져주고 있는 것이다. 아빠의 생각 이 어떤지 알고 있고, 또 엄마의 기대에는 못 미치지만 아빠 가 노력하고 있는 것을 잘 알고 있고, 그리고 이런 불공평함 의 원인인 여성 차별 대우를 반대하는 여성 운동에 적극 참 여하고 있는 엄마를 아빠가 지지하고 있기 때문일 거다.

물론 이 모든 것보다 엄마가 너희들을 사랑하고 아빠를 이 해하고 사랑하기 때문일 게고. 너희와 아빠가 깨끗한 옷을 입어 명랑한 생활을 할 수 있도록 하는 데에 빨래하는 수고 를 아끼지 않고 또 보람으로 생각하는 이 마음은 분명히 사 랑이다.

그러나 동시에 사랑이란 이름으로 끝없는 일방적인 희생 을 요구할 땐 엄마는 아마 명백히 거절할 게다. 너희들도 잘 알지 않니. 왜 엄마에게 있는 사납고 단호한 성질 말이다. 호랑이 할머니의 호랑이 기질이 있는 엄마, 그리고 할머니나 엄마에 비해 절대로 못하지 않을 병민이 같은 여자들이 한 식구인 것을 이 아빠는 무척 자랑스럽게 생각한다.

아빠가 남녀 차별 문제, 여성 평등의 문제에 대해 생각하고 공부한 이유는 사람이 사는 이 세상을 어떻게 하면 보다 밝고 사랑스럽고, 눈물과 한숨 그리고 원한이 없는 곳으로 만들 수 있을까 하는 마음에서였다. 또한 이런 방향으로 아빠가 많이 나아가게 된 것은 엄마에게 잘해주고 싶고, 잘 보이고 싶은 마음에서 비롯된 것이기도 하지만, 또한 함께 결혼해 살면서 너희들 남매가 그렇듯이 엄마와 아빠도 서로 대립 갈등하면서 타협하고, 물러서고 배우면서 그렇게 된 것이다. 또 그런 생각에서 할머니도 생각해보고, 지금 부천에 계시는 엄마의 엄마, 방순이 할머니의 아름다운 마음과 자신에 찬 생활을 보면서 한층 깊어진 것이다.

그러나 말이다. 결정적인 것은 병민이가, 자랑스러운 병민이가 우리 가족에게 나타나고서부터였다. 언제나 자신만만하고 사랑스럽고, 또 애기들을 귀여워하고 잘 돌봐주기도 하는 병민이가 여자로 태어났다고 해서 혹시라도 마음의 상처를 입지 않을까, 눈물을 흘리는 경우가 있지 않을까 싶어 아빠는 잔뜩 긴장하였다. 여자는 이래야 한다고 하는 이 사회의 말 없는 암시 때문에 활발하고 적극적인 병민이가 머뭇거리고 소극적인 아이가 되지 않을까 불안해하였다.

사실 병민이가 여자로 태어난 것은 물론 자신이 결정할 수 있는 것은 아니고 엄마나 아빠도 그럴 힘과 능력이 없다. 이것은 자연의 섭리라고 말할 수밖에 없다. 이는 우울한 운명과 같은 말이 아니다.

만일 병민이를 비롯해서 엄마, 할머니 그리고 온 세상의 여자들이 모두 남자로 태어났다면 또는 여자로 태어났다가 남자로 된다면 이 세상은 내일이 없는 곳이 될 것이다. 이를 불임의 세상이라고 하는데, 창조가 없고 희망이 없으며 인간의 생명이 재창조되지 못하는 지옥 같은 곳으로 바로 떨어질 것이다. 그런데도 불구하고 여자이기 때문에 비켜라, 두 번째 줄에 서라 하는 것은 참으로 우스운 일일 뿐 아니라 파괴적인 것이다.

그리고 성별은 자신과는 아무런 관계없이 자연의 섭리로 결정되는 것인데 그로 인하여 차별을 받는 것은 도저히 받아들일 수 없는 것이다. 병민이가 딸이기 때문에, 여자아이이기 때문에 무시되고 소홀히 여겨지는 경우는 우리 집에선 지금까지 없었고 앞으로도 영원히 없을 것이다. 만일 그런 일이 발생할 경우 병민이가 가만있지 않을 것이고, 엄마 또한 나설 것이다. 집안 내의 대반란이 발생할 것이다. 그리고 이 아빠도 거기에 가담할 것이고, 병준이 또한 그렇게 할 것이다.

간혹 근거나 이유가 있는 잘난 체도 사람들 사이에 수많은 긴장과 갈등을 가져오고 비극을 일으키는데 이처럼 아무런 근거도 없는 비뚤어진 생각이나 거짓에 따른 남녀 차별, 남성 우월감은 남자 스스로를 타락시키고 구렁텅이로 빠지게 만드는 것이다. 물론 여자와 남자 사이에는 약간의 생리적 차이는 있다. 그러나 그 전에 사람이라는 아주 큰 똑같음이 있으며, 생리적 차이가 운명적으로 차별을 짓는 것은 결코 아닌 것이다.

엄마와 아빠를 서로 비교하면 이것은 엄마가, 저것은 아빠가 뛰어나고, 저것은 엄마가 또 이것은 아빠가 부족하다. 전체적인 능력과 마음 등을 종합해보면 거의 비슷하다고 할 수밖에 없다. 그리고 너희들에게 유전된 것을 짚어봐도 비슷하고, 엄마와 아빠가 언젠가 너희들은 김병준, 김병민이기도 하고 또 그 못지않게 인병민, 인병준이라고 강조했던 뜻이 이런 것이다.

학교와 같이 제도로 되어 있는 곳, 법이 요구하는 때에는 불가피하게 김병민, 김병준으로 하되 자유스러운 곳, 예를 들면 어디 놀러 가서든지, 혹시는 학원이나 교회 같은 곳에 다닐 때 인병준, 인병민이라고 해도 이 아빠는 마다하지 않는다. 아니 너희들이 그것을 진실로 헤아리고 마음으로부터 이해하여 그렇게 한다면 나는 매우 자랑스러워할 것이다. 너희들이 약간 불편한 데도 불구하고 그렇게 하는 것을 본다면 정말 기뻐할 것이다. 아마 너희들이 엄마 친구들 앞에서 그렇게 하면 필경 대환영받을 것이다.

병준아, 병민아. 너희들은 엄마와 아빠의 딸과 아들이지만 그 전에 우리 모두는 사람으로서 이 세상을 신나게 그리고 보람 있게 살아가고자 하는 친구이고 동지이다. 그런데 그 길을 깨어 있는 생각으로 그렇게 걸어간다면, 그 시작으로 이런 거짓에 반대하는 그리하여 생생한 진실 구현의 길에 함께 나선다면 우리 넷은 그야말로 더욱 탄탄한 친구가 될 수 있을 것이다. 그렇지 않겠니, 애들아.

병민아, 며칠 있으면 너의 열 번째 생일이구나. 네 생일을 앞두고 이 편지를 보낸다. 진짜 네 생일을 축하하는 아빠의 편지는 요다음이다. 그때까지 잘 있어라. 병준이도 잘 지내고….

1991년 5월 중순에 홍성에서 아버지가

여보! 그날도 비가 하염없이 내렸죠.

병준이 병민이와 함께 당신을 만나기 위해 종로경찰서 수사과에 갔었던 것 기억하실 거예요. 나는 그때 우리 귀여운 새끼들을 10여 일간 보지 못하는 불상사를 겪고 있던 때였어요. 앞으로 그런 일이 더욱 많아질 것 같아 몹시 우울하군요.

나의 요즈음 생활을 당신도 상상할 수 있을 거예요. 병준이를 가지고부터 고민하는 것이 지금까지 8년, 항상 갈등하게 만드는 상황이었던 것 같아요. 가사 노동, 육아가 나의 등과 어깨를 짓누르고 있죠.

아침부터 종종걸음 치는 색시의 모습이 떠오를 거예요. 병준이의 등교 시간은 9시. 병민이는 9시 30분이죠. 저녁 귀가 시간을 좀 더 단축시키려고 무진 애를 쓰지만 마음대로 안 되어 불안하고 초조하기만 합니다. 큰동서의 눈치 등등. 이상은 다 넋두리에 불과하고….

어제 당신의 눈은 울고 있었어요. 돌아온 후 계속 우울했어요. 다리를 저는 것은 아니라고 했지만 머리가 그렇게 몹시 아프니 어떻게 할까. 미칠 지경이에요. 두리 아빠 소식 듣고 오늘은 더욱 울화가 치미는 날이었어요. 우리 Y 식구들은 그동안 과로로 인해 몸이 많이 상해서 더욱 건강이 악화되고 있고, 가족들은 애가 타버릴 것 같아요.

당신 머리 아픈 것은 물론 전기 충격 때문이기도 하고, 그동안 계속 죽을 먹었기 때문에 영양 부족, 특히 단백질 부족일 것이라고 여러분들이 생각해요. 여보! 영양제 꼬박꼬박 먹고, 운동 열심히 하세요. 그럼 귀여운 당신 아가씨 얘기 할게요.

그제 밤 앨범 정리를 하다가 자기 아빠 사진을 보고 "아유, 우리 아빠잖아" 쪽쪽(뽀뽀 두 번 하고) 나의 입에 사진을 갖다 대면서 "엄마도 뽀뽀해. 엄마 남편이니까". 아유, 정말 나는 미치겠어요. 매사가 그런 식이라니까요.

보통 저녁에 병준이가 먼저 곯아떨어져요. 당신도 알다시피 병준이는 자기 아빠 닮아서 초저녁잠이 많지요. 그 점은 저의 시아버지도 그러셨다고 합디다. 엎어져서 자고 있는 오빠에게 여우는 "병준이 새끼는 왜 이렇게 엎어져서 자지? 아유, 뒤집어지지가 않네" 끙끙거리며 오빠를 바로 눕혀보려고 노력하는 아가씨. 오빠가 깨어 있으면 상상도 못할 호칭을 사용하며(이것은 어른들 흉내를 내는 것이죠), 오빠가 자면 여지없이 "병준이 새끼, 병준이 새끼"를 호칭으로 사용하죠. 이 아가씨는 당신 말대로 보통이 아니죠.

병준이는 아침이면 가방 메고, 신발주머니 들고 으쓱하면서 골목길을 빠져나갑니다. 아들이 보이지 않을 때까지 뒷모습을 지켜보는 저는 어느새 중년 부인의 가슴을 가진 것을 느끼죠. 그 옆에는 항상 당신이 있죠.

그동안 우리 부부가 고민하며 낳아 키운 아이들이 건강하게 자라준 것을 감사하는 마음으로 바라보고 있는 나에게 지나가던 아주머니가 뒤도 쳐다보지 않고 가는 아들을 뭐 그렇게 바라보냐고, 웃으면서 지나가더군요. 나는 그동안 항상 행복하다고 자부하면서 살아왔어요. 앞으로도 당신만 건강하다면 나의 행복은 달아나지 않을 것이라고 확신하며 살 것입니다.

여보! 월요일 당신을 만날 수 있는 틈이 생기면 얼마나 좋을까요. 그럼 안녕히 주무세요.

1986년 3월 16일 새벽 1시 5분

재근이가

아빠 김근태와 딸 김병민이 함께 찍은 첫 사진이 있다. 서로 눈 맞추며 찍은 백일 전후의 사진이다. 저 눈 맞춤에서 김근태 아빠가 어떤 느낌을 받았는지 알 것 같다. '자식을 낳고, 안고 보니 아이의 따뜻한 체온과 보들보들한 감촉은 나를 스르륵 녹인다. 우리 부부를 닮은 모습은 봐도 봐도 신기하다. 나를 쳐다보는 눈빛은 가슴을 설레게 한다.'

내가 태어날 때 엄마 배 모양을 보고 어른들이 모두 아들이라고 했다. 아빠는 당연히 내가 아들인 줄 알고 남자아이 이름을 지어놓고 기다렸다. '병두'라는…. 그런데 낳아보니 딸이라서 많이 미안했다고. 그래서 새로 지어온 이름이 '병민'이다. 잡을 병秉에 옥돌 민玟. '병' 자는 돌림자라서 버릴 수 없었다고 한다. 주변에서 여자아이인데 돌림자를 쓰지 말라고 만류하기도 했다. 아빠는 이 아이도 김근태 아이니까,

꼭 돌림자를 써야 한다고 했다. 내 이름은 결국 남들이 남자 이름으로 착각할 만한 '병민'으로 지어졌다. 어렸을 때는 스트레스도 많이 받았다. 이름을 먼저 접한 사람은 대부분 나를 남자라 생각했다. 남학생들 자리에 배정되고, 남자로 분류되기 일쑤였다. 그래도 이제는 내 이름을 좋아한다. 그것이 김근태 아빠가 내게 보여준 사랑이라는 것을 안다. 딸이라서 배제되는 일은 우리 집에서 없었다. 돌림자에서 배제되지 않았고, 제사를 지내도 남자와 똑같이 두 번씩 절했다. 역차별이라면 몰라도 남녀 차별이란 있을 수 없었다. 김근태 아빠는 내가 사회로 나가면, 결혼하면 여자로서 겪어야 할 것이 있다는 것을 걱정했다. 혹 딸의 잘못이 아닌데 상처받거나 좌절하는 상황이 올까 봐 걱정했다. 그리고 그런 일이 발생했을 때 잘 헤쳐나갈 수 있는 자존감을 심어주었다.

돌아가시는 순간 난 아버지 팔다리를 주무르며 계속 한 가지 말을 되뇌었다. 많이 사랑해줘서 고맙다고, 정말 사랑해줘서 감사하다고…. 아빠 덕분에 행복했다고. 장례를 치를 때만 해도 김근태 아빠가 세상에 없다는 사실이 날 모든 것에 자신이 없는 사람으로 만들었다. 수배되고, 고문받고, 또 감옥에 오랜 시간 계셨던 아빠를 두고도 내가 밝고 자신감 있게 자란 이유는 김근태를 아버지로 두었기 때문이었다. 아빠가 세상을 떠난 것은 가장 큰 '빽'이 없어진 것이고, 믿고 있는 뒷배가 사라진 것이었다. 그런데 지금은 아빠가 불어넣어 주었던 자신감이 다시 살아나고 있다. 어디를 가든 아빠를 아는 분들이 내게 그렇게 말을 건넨다. 생전에 그렇게 많이 사랑하셨던, 그 딸이냐고…. 아직도 난 김근태의 딸로 살아가고 있다. 두 아이의 엄마가 되어 있는 오늘도 나는 여전히 김근태가 사랑했던 사랑하는 딸이다. 사진 속 나를 바라보던 저 눈빛이 여전히 나에게로 향하고 있음을 느끼고, 그 영향력이 아직도 주변 사람들을 내게로 집중하게 만든다. 그 사람들이 나를 사랑하게 만든다. 아빠의 사랑은 날 매력적인 사람으로 만든다. 나는 그런 사랑을 배웠다.

존심이의 생일

큰집의 사촌오빠도 초대하여 김근태 아빠, 김병준 오빠, 이렇게 남자 셋
과 김병민의 초경 파티를 하게 된 것이다. 우리 넷은 수유시장 만두 가게
로 향했다. 시장통 만두 가게에서 케이크에 촛불도 꽂고 축하 노래도 불
렀다. 꽃다발도 받았다. 바쁜 김근태 아빠에게 생일 때도 이렇게 격하게
축하받아본 적이 없었다. 만두집에서 축하해주며 노래 불러준 남자 셋 때
문에 첫 생리가 수치스럽다거나 부끄럽다거나 하는 느낌은 없었다.

병민에게.

네 말마따나 병민이와 아빠는 짝꿍이란다. 병준이와 엄마
가 그런 만큼, 그만큼 아니 그 이상으로 병민이 너를 좋아하
고 사랑한단다.

어느 땐가 엄마가 와서 네 흉을 보던 얘기가 생각나는구
나. 네가 괜히 징징거리고 짜면서 "내 편을 들어줄 아빠는
감옥에 가 있고…"라고 하면서 꼴이 가관이라고 하더라. 이
얘기를 들으면서 나는 콧등이 찡하면서 매캐해졌었다. 아,
우리 병민이가 이렇게 커가는구나. 이렇게 아빠가 멀리 자주
떨어져 있는데도 잘 자라고 있고, 또 그런 식으로 기억해주
고 있고 말이다.

병민아, 부모들은 자식들의 변화를 보고 느끼면서 감동을
하곤 한단다. 그리고 그런 변화를 자랑스러워하고 말이다.

엄마의 애기를 듣는 순간 그런 마음이 되었다. 그러나 다행히 두꺼운 유리창이 엄마와의 사이를 가로막고 있어서 이런 아빠의 감정의 흔들림을 엄마는 눈치채지 못한 것 같았다. 그때 엄마가 알아챘으면 아마 주책이라고 흉을 봤을 것이고, 또 혹시 너에 대한 이런 아빠의 감정에 대해 엄마가 샘을 냈을지도 모를 일 아니겠니.

병민이의 그런 마음이 녹아 있는 편지를 자주 꺼내 읽곤 한단다. 그러다가 혼자 낄낄거리며 웃기도 하고. 어쩜 그렇게 편지를 잘 쓰냐, 병민아. 네 편지를 보고 있으면 네가 어떻게 지내고 있는지 다 알 것 같고, 그에 대해 뭐라고 말하고 싶은 게 많아지는구나.

"3학년이 되어서 월요일, 토요일만 빼놓고 도시락 맨날 싸. 학교에서 점심 먹으면 입맛이 좋아. 그래서 엄마가 도시락을 많이 싸줘서 배가 터지는 것 같아…"라고 써 보낸 구절을 소리 내어 몇 번씩 읽어보았다. 그러노라면 이 말 안쪽으로 병민이 네가 맛있게 도시락을 먹는 모습이 보이는 듯하다. 유리창을 통한 투명한 모습으로 말이다. 특히 "배가 터지는 것 같아"라는 표현 속에는 너의 즐거움, 너의 신나함이 그대로 살아 움직이는 듯하구나.

그래 병민아, 그렇게 배 터지게 먹을 때 동무들하고 어울려서 반찬도 나누어가며 먹니, 아니면 도시락 뚜껑으로 가리고 수줍어하면서 퍼 먹니, 어느 쪽이냐 너는. 이 구절을 읽으면서 마찬가지로 배 터지게 도시락을 퍼 먹던 아빠의 학생 시절이 눈앞에 떠오르는구나.

그땐 김치를 반찬으로 싸 오는 사람이 많아서 교실에 온통 김치 냄새가 진동하였다. 3교시가 끝나면 배도 고프고 또 점심시간에는 운동장에 나가 뛰어놀 욕심으로 그야말로 게 눈 감추듯 도시락을 해치우고 혹시 목에 걸리면 물을 말아 후루룩 밥을 마셔버리던 모습이 떠오른다. 그러다가 재수 없는 날엔 대개 궂은 날 흐린 날에 산통이 터지는데, 그 김치 냄새 때문에 선생님이 코를 감싸 쥐면서 도시락을 조사하여 텅텅 빈 게 들통나고, 그 때문에 앞에 나가 손들고 있을라면 창피하고 한심하고 또 그깟 도시락 좀 일찍 먹었다고 이렇게 망신을 주다니 하며 은근히 속이 뒤틀려 했던 그 시절이 떠오른다.

그런데 이젠 그런 풍경 속에 병민이와 이 아빠가 함께 있게 된 것이고 같은 경험을 갖게 되었구나, 병민아. 그렇게 해서 너와 나는 같은 경험을 함께 간직하는 친구가 되어가고 있는 것이 확인되고 말이다.

엄마가 병민이 보고 "존심"이라고 하지. 엄마를 따라서 아빠도 너보고 '존심'이라고 놀려댄 적이 있지만 그것은 사실 놀리는 것이 아니고 너에 대한 자랑스러움을 그렇게 말하는 것이다.

너도 이미 알고 있겠지만 그리고 느끼고 있겠지만 그것은 너에 대한 사랑이고, 너에 대한 격려란다. 자존심이 유난히 강한 병민이 네가 어쩌다가는 약간 까다롭게 느껴지고 그래서 피곤하게 여겨질 때도 있을지 모르지만, 대부분의 경우 누구든지 너의 그런 자존심 세우는 것을 인정하지 않을 수 없을 거라고 아빠는 생각한다.

네 일은 네가 알아서 하고 너의 결정은 네가 하는데 괜히 나서서 누가 이래라저래라 하는 것을 너는 허락지 않고(그게 엄마나 아빠인 경우에도), 특히 소리를 지르거나 강제로 너에게 지시하고자 하는 경우 너는 절대로 그에 응하지 않지. 이런 너를 자존심이 세다고 하는 것은 맞는 말이다.

그러나 그것만으로는 충분치 않다고 생각한다. 병민이 너는 네 일을 네가 스스로 하고 또 그에 대해 책임질 줄 알기 때문에 그런 드높은 자존심은 흉이 아니라 자랑이 되고 아름다움이 되는 것이다. 이러한 병민이를 아빠는 자유인이라고 부르지 않을 수 없다. 노예처럼 아무에게나 머리를 숙이고 대신 동정을 받는 그런 사람과는 전연 관계가 없는 독립된 사람이지. 병민이는 아빠가 어른이 되어서야 비로소 가까워지고자 노력하고 있는 자유인에 벌써 한쪽 발을 들여놓고 있는 것이라고 믿고 싶구나. 이런 의미에서도 병민이와 이 아빠는 정말 친구이고, 서로 사랑하는 사이라고 말할 수 있을 게다. 너는 어떻게 생각하니, 병민아.

그러나 병민아, 아빠가 너를 사랑하는 것은 무조건이다. 앞에서 말한 그런 것들이 이유가 되어서 너를 사랑하는 것보다 훨씬 압도적으로 무조건, 어떤 경우에도 아빠는 네 편이다. 너를 사랑한다. 네가 기쁘면 나도 기쁘고 네가 슬프면 나도 슬프단다. 이것은 이유가 없다. 아니 이유가 있다. 그것은 네가 이 세상을 기쁘고 즐겁게 살기를 바라는 진정한 마음 때문이다. 아무리 어렵고 슬플 때도 눈물을 닦고 일어나 다시 나아가는 너를 그윽하고 자랑스럽게 바라보고 싶은 간절한 마음이 아빠의 마음 한가운데 있기 때문이다.

병민아. 이곳 홍성교도소 운동장 한가운데 서서 오른쪽을 바라보면 멀지 않은 곳에 서울의 도봉산보다는 작을 것 같은 산이 한눈에 들어온다. 그런데 요사이 그 산의 색깔이 온통 연둣빛이다. 그 연둣빛은 아주 새롭고 산뜻하게 느껴지고 눈이 환해지고 또 시원해지는 것 같은 느낌을 가져다준다(생생하게 살아 있는, 그러면서도 눈부시게 부드러움이 잔뜩 고여 있는 그런 색깔이다).

그렇다. 그것은 병민이 색깔이다. 그런 색깔의 한가운데서 병민이는 태어났고, 이제 열 번째 생일도 그런 환함 가운데서 우리 모두 맞이하고 있다. 그런데 이렇게 아빠가 갇혀 있어서 직접 네 생일을 축하하지 못하고, 업어주고 안아줄 수도 없는 것이 안타깝구나.

그러나 병민아 슬퍼하진 말자. 아빠가 보내는 이 편지로 아쉬움을 대신하고, 그래도 부족한 것은 내년 아니면 내후년 네 생일에 한꺼번에 몰아서 진하게 그득하게 축하하도록 하자, 병민아.

오빠와 엄마가 그리고 언니들과 큰엄마, 큰아버지가 아빠 몫까지 대신해서 네 생일을 축하해줬으리라고 생각한다. 그 래 그처럼 병민이 너는 우리 모두의 기쁨이고, 자랑임을 언제나 기억하고 있기 바란다. 그럼 잘 있어라, 병민아.

1991년 5월,

병민이 생일에 홍성에서 김근태 아빠가 썼다

{ 인재근의 편지 }

병민이 아빠에게.

어제는 병민이 귀빠진 날이죠. 당신도 기억하고 딸아이 생
일 케이크를 손수 사오지 못해 안타까우셨겠죠. 딸아이 생일
을 연기하여 25일(일요일)에 지내기로 했답니다. 오늘은 몹
시 피곤하기도 하고 아이들과 큰동서께 미안하여 비교적 일
찍 들어왔지요. 오늘 역시 당신을 만나기 위해 호시탐탐 노
렸지만 안타깝게 놓치고 말았어요. 월요일에는 꼭 가려고
해요.

지난 화요일에 엄마가 오셨다가 수요일 돌아가셨어요. 수
요일 아침 일찍 병준이는 못다한 숙제를 하고 있었죠. 할머
니 왈 "아이들 갈아입힐 옷이나 있냐?" 모든 것이 걱정이신
어머님의 말씀이셨죠. 내가 대답하기도 전에 김병준 왈 "할
머니! 그런 걱정일랑 하지 마세요. 엄마가 다 알아서 해요"

우리 영감님의 말씀이었어요. 할머니 왈 "저놈의 새끼, 저 말하는 것 좀 보소. 그 말솜씨 보면 100점만 받을 텐데"하시면서 한참 웃었죠.

우리 아가씨는 나를 "재근아 재근아!"하고 부르는 통에 미치겠어요. 왜 그러냐고 물으니까. 엄마가 저 친구이기 때문이래요. 할 말이 없어서 "병민아 엄마도 너에게 병민 씨라고 부를 테니까 너도 엄마한테 재근 씨라고 불러줄래"했더니 "흐응"하며 야릇한 웃음을 짓더군요.

이 녀석들 잠들기 전에 찌찌를 만지며 아빠 보고 싶다고 하더군요. 한 달이 넘도록 아빠의 편지가 오지 않는 것에 신경을 쓰더군요.

오랫만에 책상 정리를 하고 당신께 편지하는 여유를 가져봅니다. 오늘 집에 돌아오는 길에 동대문운동장역에서 4호선을 갈아타려고 플랫폼에 서 있자니까 대학 2년 때 영문학 강독 수업 시간을 빵꾸 내며, 지금은 없어진 국제극장에서 〈편지〉라는 한국 영화를, 그 영화 속의 주제가를 떠올리며 잠시 어린 시절을 생각해보았어요. 그때는 홈스펀으로 만든 미니스커트에 미색 폴라티, 검은 하이힐, 등까지 자란 생머리의 귀여운 여대생이었죠. 그날 층계의 여러 계단에서 미끄러졌던 것 같아요. 지금 생각하니 불확실한 미래에 대한 불안감과 방황의 시기였던 것 같아요. 당신도 색시의 대학 시절 모습이 떠오르지요.

우리 병민이는 어떤 때 보면 나를 많이 닮은 것 같아요. 얼마 전부터 병민이 글씨를 보내려고 봉투 넣어놓고 미처 편지를 쓰지 못해 못 보냈어요. 이번에 보낼게요. 그동안 편지도 면회도 못한 것 미안하게 생각해요.

1986년 5월 25일

병민이 아빠에게.

"병민아, 너의 네 번째 생을 정말로 축하한다. 튼튼하고 자존심 있는 병민이를 엄마와 아버지는 자랑스럽게 생각한다. 앞으로 너그러우면서도 주체적인 아이가 되도록 우리 식구 모두 노력하자. 병민이, 너는 행복하다. 끔찍이도 너를 사랑하는 오빠 병준이가 있어서. 엄마와 아버지는 병준이와 병민이를 깊이 사랑하고 있다."(병민이의 생일을 축하면서 엄마와 아버지가 조그만 선물을 준비했다.)

병민이 앨범에 들어 있는 작년 병민이 생일 때 당신이 쓴 카드 내용이죠. 여기저기 구겨지고 물방울로 얼룩져 있지만 아버지의 사랑이 듬뿍 담긴 편지라 잘 보관하고 있죠.

병민이는 오늘 작년에 할머니가 사주신 여름 한복을 입고 생일잔치를 했어요. 덕분에 나는 꼬마 손님들을 치르느라 온

몸이 뻐근해요. 내일 당신한테 가려고 했는데, 도저히 시간이 날 것 같지 않군요. 저녁나절 병준이는 숙제를 하고, 나는 온몸이 너무 쑤셔서 누워 있었어요.

병민이가 잘못하여 내 팔을 밟아 야단을 좀 쳤더니 눈물을 철철 흘리며, "아빠! 아빠!" 소리치며 울더군요. 아빠는 왜 부르냐고 나무랐죠. 김병준 왈 "엄마가 야단치니까 아빠를 부를 수밖에 없잖느냐"고 항의하더군요. 여전히 병민이를 끔찍하게 생각해요.

숙제하면서 온갖 참견 다하고 세월아 네월아 하는 것 당신도 눈에 선할 거예요. 그래도 많이 나아졌어요. 글씨도 제법 빨리 써요. 아빠한테 편지 쓴다고 하더니 도저히 졸음을 참지 못해 그냥 자는군요. (…) 다시 볼 때까지 안녕!

1986년 5월 26일 새벽 12시 35분

당신의 재근이가

어린 시절 아빠 없이 생일을 보낸 적이 많았다. 주로 아빠에게 축하 편지를 받는 것으로 대신했다. 한번은 아빠가 잡혀가기 전 미리 사두었다는 선물을 엄마한테 받았다. 하트 모양의 도금 목걸이였다. 하트 펜던트 안에는 다섯 개의 큐빅이 들어 있었다. 목에 차고 걸으면 반짝반짝 큐빅이 살짝 움직이는 깜찍한 목걸이였다. 엄마 말로는 아빠가 감옥에 들어가기 몇 달 전 나를 위해 예쁜 하트 목걸이 선물을 사놨고 엄마에게 전달해달라고 부탁했단다. 지금 생각해보니 말도 안 되는 시나리오인데, 난 아빠가 돌아가실 때까지도 이 사실을 철석같이 믿었다. 나를 너무나 사랑해서 선물도 미리 사놨고, 내 마음에 쏙 드는 목걸이를 선물했다고. "역시 김근태 아빠" 하면서 말이다.

어찌나 소중히 여겼던지 보석함에 그 목걸이를 넣어놓고

하루에도 몇 번씩 꺼내보았다. 하트 목걸이와 함께하며 아빠가 항상 나를 지켜봐주신다고 이야기하고 다녔다. 위로가 되었다.

김근태 아빠가 떠나고 엄마와 이야기하다가 충격적인 사실을 알았다. 내 생일 선물로 예쁘고 깜찍한 하트 목걸이를 고른 아빠의 감각을 칭찬하자, 엄마가 의아한 표정으로 나를 쳐다보았다. 엄마가 그 하트 목걸이 사다가 김근태 아빠가 사서 준 거라고 거짓말했다는 것이다. 차라리 이 비밀을 알지 못했으면 좋았을 텐데, 라고 생각할 만큼 섭섭했다. 내내 믿고 의지했었는데. 아빠를 대신해 내 곁에 있는 하트 목걸이에 혼자서 큰 의미 부여를 했던 것 같다. 인재근 엄마에게 "죽을 때까지 비밀로 하지 이제 와서 왜 말해!" 볼멘소리를 해댔다. 엄마는 "당연히 병민이 네가 알고 있는 줄 알았지. 그게 김근태 아빠의 안목이니? 엄마 안목으로 고른 거지!" 하고 순진하다는 듯 낄낄낄 웃었다. 김근태 아빠의 부재는 언제나 인재근 엄마가 채워주었다. 김근태 아빠를 완벽하게 완성시킨 사람은 엄마였다. 알게 모르게 지금도 그 역할은 계속되고 있다.

김근태 아빠가 생일보다 더 크게 챙겼던 딸의 기념일이 있다. 1994년 1월 19일 문익환 목사님의 대학로 노제가 있었던 초등학교 5학년 겨울 방학이었다. 가까이 지냈던 목사님이 하늘나라로 가서서 꺼이꺼이 울었다. 사람 많은 대학로 노제에서 파김치가 된 후 김병준 오빠와 단둘이 돌아왔다. 집에서 화장실에 갔는데 붉은색의 뭔가가 묻어 있었다. 《소라의 봄》이라는 만화책에서 읽어서 알고 있었다. 초경이 시작된 것이다. 오빠에게 달려가 얘기했다. "오빠! 나 생리하는 것 같아!" 오빠는 놀랐지만 침착하게 어디론가 전화했고, 곧 아빠가 돌아오셨다. 환한 미소를 지으며 "병민아! 어엿한 숙녀가 된 것을 축하한다. 오늘은 아주 기쁜 날이구나." 하고 말했다. 난 어리둥절했지만 좋은 일인가 보다 했다.

엄마는 밖에 일이 남아 늦게 오신다고 했다. 김근태 아빠는 축하해야 할 날이라고 파티를 열자고 했다. 큰집의 사촌 오빠도 초대하여 김근태 아빠, 김병준 오빠, 이렇게 남자 셋과 김병민의 초경 파티를 하게 된 것이다. 우리 넷은 수유시장 만두 가게로 향했다. 시장통 만두 가게에서 케이크에 촛불도 꽂고 축하 노래도 불렀다. 꽃다발도 받았다. 바쁜 김근태 아빠에게 생일 때도 이렇게 격하게 축하받아본 적이 없었다. 만두집에서 축하해주며 노래 불러준 남자 셋 때문에 첫 생리가 수치스럽다거나 부끄럽다거나 하는 느낌은 없었다.

생각해보면 축하받은 날 중에서도 가장 행복했던 날이었던 것 같다. 아마도 아빠는 그때 '김병민에게도 언젠가 축복 같은 아이가 찾아오겠구나' 상상했겠지. 엄마가 없는 조금

색다른 파티는 내내 기억에 남았고, 김병민이 여자로 태어난 것을 축복이라 느끼게 했다.

그 사람은 쏘가리야

안양교도소로 너희들이 찾아온다는 날을 기다리면서 설레고 부산했던 때
가 떠오르는구나. 엄마하고 연애할 때처럼 그렇게 마음이 조마조마했었
단다. 그러면서 이 안에서 할 수 있는 한 한껏 멋을 냈다. 수염도 깎고 얼
굴도 계속해서 문지르고….

거꾸로 불러볼까, 병민아, 병준아!

어제 되돌아가는 너희들, 풀 죽은 모습이었냐, 아니면 화가 머리끝까지 올라 고무풍선처럼 탱탱해졌었냐. 틀림없이 병민이는 풍선처럼 되어 머리에서 김이 모락모락 났을 것 같고, 병준이는 아버지처럼 입이 쭉 빠져 댓 발쯤 나오지 않았을까.

너희들이 여기까지 내려올 줄 몰랐다. 지난 일요일 엄마가 면회 왔을 때 수요일에 오겠다고 했지만 너희들 얘기는 없었거든. 어제는 전혀 몰랐다가 엄마가 사 넣어준 음식물을 보고서 사실을 파악하게 되었다. 혈압이 올라 씩씩거리다가 겨우 가라앉히고 책상 모서리에서 이 편지를 쓰고 있다. 그래 그것은 좌절감이다. 팍팍한 거부의 손길은 마음을 아득하게 하지. 그리고 분노의 불길을 타오르게 하지.

병준아, 병민아. 사람은 화를 낼 줄 알아야 한다. 그렇게 해야 할 때 그러지 못하는 것은 경멸받아 마땅한 노예로 전락하는 것이다. 다만 일정한 절제와 냉정한 판단을 동반하면서 그렇게 해야 하겠지. 그렇게 되면 큰 힘이 거기서 솟아나게 마련이다. 그럴 때 우리 삶 앞에 가로놓여 있는 암초와 매복적 기습에 쓰러지지 않고 나아갈 수 있게 되는 것이란다. 거기에 새로운 창조의 자리가 마련될 수 있는 것이란다.

쓰다 두었다가 며칠 후 다시 펜을 잡게 되었다. 그사이 어저께(27일) 엄마가 내려왔다 갔다. 그 편에 너희들이 흘렸던 눈물 얘기를 들었다. 아버지는 이렇게 생각한다. 너희들이 흘렸던 눈물 속에는 슬픔과 절망도 있었겠지만 또한 분노도 있었을 것이라고 말이다. 병민이의 눈물은 분함이었고, 병준이의 눈물은 가슴 아픔이었을 것이라고. 그리고 그것들은 너희들이 이미 부딪친 바 있던 어두움이었을 것이라고….

여기까지 내려왔던 너희들을 만나보지 못한 것이 가슴 쓰리고 또한 아쉽구나. 하지만 바로 저 담벼락 바깥에 여전히 남아 있을 너희들 흔적과 마음을 느끼고자 하며, 이로써 이 겨울 추위 속에서 가슴에 온기를 품고자 한다.

지난 겨울방학 직후 안양교도소로 너희들이 찾아온다는 날을 기다리면서 설레고 부산했던 때가 떠오르는구나. 엄마하고 연애할 때처럼 그렇게 마음이 조마조마했었단다. 그러면서 이 안에서 할 수 있는 한 한껏 멋을 냈다. 수염도 깎고 얼굴도 계속해서 문지르고…. 그런데 고민이 한 가지 있었다. 머리를 감아야겠는데 찬물에 감으면 감기 걸릴 것 같아 싫고, 더운물을 구하려면 부탁해야 하는데, 그 부탁하는 것이 싫었다. 대신 머리빗으로 거울을 보면서 계속 빗질을 열심히 했었다.

한데 고얀 것은 비듬이 자꾸 허옇게 일어나는 것이었다. 시원함을 지나 아플 정도로 박박 긁어댔는데도 그치지 않았다. 아마 너희들은 눈치채지 못했을 텐데 그 때문에 너희들 만나서 기뻤지만 한편 구석에 묵지룩한 기분이 남아 있었다.

지금은 그때와 정반대이다. 머리는 자주 감아서 개운한데 수염이 길어서 약간 어수선한 기분이다. 수염이 많지 않아 산도적 같아 보이지는 않지만 얼마간 초췌하고 피곤해 보이는 듯하다. 지난번 수요일 날 면회했더라면 너희들도 그런 모습을 보고 틀림없이 킬킬댔을 게다. 이렇게 된 것은 내 게으름도 한몫한 것이지만 진정한 이유는 딴 데 있다. 그 이유는 약간 우스운 것인데, 그것은 마주 보면서 웃어주고자 하는 뜻이 담겨 있는 것이란다.

고등학교 다닐 때 어떤 친구들이 아버지보고 "비틀스"라고 놀려댔다. 이 별명을 들을 때 기분이 여간 묘한 게 아니었다. 기분 좋지는 않았지만 그 놀림 속에 내 속셈이 얼마간 간

파당하고 있었기 때문에 정면으로 반박하는 것이 망설여졌다. 그런데 애들아, 지금은 아무도 아버지보고 비틀스라고 하지 않지만 만약 누가 그렇게 한다면 오히려 괜찮아질 것 같구나. 왜냐하면 비록 영국식이지만, 비틀스는 우리 시대의 평화와 사랑을 노래했기 때문이다.

그때 떨떠름했던 것은 그런 부름이 혼혈아를 가리키고, 그리하여 행실이 좋지 않음을 드러내는 것이 되거나 외국 것을 무조건 본뜨고 흉내 내는 사람으로 치부되는 듯한 말 냄새가 맡아졌기 때문이었다. 허나 놀리는 친구들을 탓할 일은 아니었다. 사실 나는 늘 더부룩하게 긴 머리를 하고 있었기에 말이다. 중·고등학교 시절 그때 박박 깎은 머리, 그것은 굴종과 굴욕의 표시였다. 그것을 심정적으로 받아들일 수 없었던 것이다.

너희들한테 몇 번 잔소리해서 기억하고 있겠지만 공부도 잘하는 모범생이었기에 그것이 부담이 되어 정면으로 반발하기가 심리적으로 어려웠다. 그래서 그냥 머리를 안 깎고 버텨서 그런 모습이 되었고, 그 결과 "비틀스"라는 놀림도 받았던 것이다. 지금 턱과 볼따구니에 길게 자란 수염을 만지작거리자니 그때 생각이 떠오른다. 반드시 연관되지는 않지만 이러저러한 상념 속에서 그렇게 생각이 옮겨지면서 아버지 어렸을 때를 되돌아보게 되는구나.

그렇다. 막무가내의 억지 앞에서 웃음이 진실로 하나의 방법이 될 수 있는 것이란다. 참, 너희들 방학이 얼마 남지 않았겠구나. 보지 않아도 뻔히 알 것 같다. 너희들 사정을…. 밀린 숙제 하느라고 마음이 바쁠 테지. 특히 빼먹었던 일기를 보충하느라고 혹시 소설을 쓰고 있지는 않을까.

아버지도 개학이 가까우면 아주 입맛이 써지곤 했다. 그때마다 제일 부담스러웠던 것이 그 일기였다. 지나간 날에 있었던 일을 일일이 다 기억할 수 없으니 막막한 일이었다. 춘천 고모가 있었기에 고모의 일기를 대강 베끼거나 아니면 아예 고모에게 일기 써내라고 '땡깡' 부렸던 그때 일이 생각나는구나. 너희들 고모한테 전화해서 아버지 대신 인사를 하고, 이 얘기 한번 해보지 않겠니.

아직 날씨가 차다. 감기 걸리지 않도록 조심하고. 미리 일찍 자고 일찍 일어나는 연습을 해서 학교 갈 준비를 해나가야 하지 않을까. 특히 김병민이는 아침 일찍 일어나는 것을 싫어하므로 더 그러지 않을까.

사랑하는 병민아, 그리고 든든한 병준아, 잘 있거라. 다음에 또 편지 쓸게.

1991년 1월 29일
홍성에서 아버지가 썼다

{ 김병민의 편지 }

아빠, 오빠가 아빠한테 편지 안 쓴다고 해서 오빠 옛 일기
를 보냈다.

홍성에서 다른 데로 옮길 때까지 안 가.

그 사람도 사람이야? 자기도 식구가 있으면서, 상황을 바
꿔봐, 자기도 화낼 것이야.

그 사람은 쏘가리야. 내가 버릇없는 게 아니라 그 사람이
나쁜 거야.

내가 크면 아빠처럼 민주운동가 돼서 그런 사람 혼내줄 거야.

안녕.

{ 김병민의 글 }

지금 읽어봐도 당시 꼬맹이가 얼마나 화가 났었는지 생각하며 웃게 된다. 서울구치소의 두꺼운 유리창과 철창 사이 면회는 참을 수 있었다. 대부분 지방으로 옮겨가면 가족들을 배려해줘서 김근태 아빠의 목을 끌어안고 뽀뽀도 할 수 있는 특별 면회를 허락했었다. 이전에 강릉교도소, 경주교도소에서 특별 면회 경험이 여러 번 있었던 우리였다. 특별 면회가 있을 것이란 기대 때문에 유리창 면회도 견딜 수 있었다. 홍성교도소장의 특별 면회 불허 결정은 유리창 면회를 감내하며 기다렸던 오빠와 나의 기대를 처참히 저버리는 것이었다. 결국 일반 면회를 거부하고 돌아와버렸다.

기차 타고 오는 길 내내 교도소장을 욕했다. 집에 와서 바로 펜을 들어 아빠에게 편지를 썼던 것 같다. 화가 머리끝까지 차올라 쓴 내 편지는 교도관들 사이에서 인기를 끌었다.

특히 "그 사람은 쏘가리야!" 하는 부분이 말이다. 그 교도소장은 그야말로 앞뒤가 꽉 막힌 사람이었다. 교도관들 사이에서도 소통이 안 되는 사람으로 유명했다. 편지는 검열 때문에 교도관들이 모두 읽어보고 수신인에게 전달되었다. 미리 교도관들이 내 편지를 다 읽은 것이다. 아빠에게 키득키득 웃으면서 "따님이 귀엽고 똑똑하다"며 좋아했다고 들었다. 어린 꼬맹이가 꽉 막힌 소장 뒷담화를 시원하게 글로 써 보내주었으니 얼마나 재밌었을까. 꼬장꼬장한 회사 상사를 여덟 살 꼬마가 욕해준 격이 되었다. 일반 면회 거부하고 꼬마는 욕하는 편지 보내고 감옥 안에서는 김근태 아빠가 항의하고… '지랄 맞은' 가족을 잘못 건드렸다. 우리 가족 모두에게 한 방 먹은 교도소장은 다음 달부터 우리에게 특별 면회를 허락했다. 우리가 함께 이뤄낸 작은 승리였다.

사랑의 미로

그렇게 자신 있게 불렀던 이 노래를 유리창을 통해 엄마를 마주 보면서 접견실에서 부르고자 하니까 마구 떨리는 것 아니겠니. 마음을 진정시키고자 해도 잘 안 되고, 그래서 몇 번 망설이고 망설이다가 시작했지만 처음부터 목소리가 떨리고 음정은 불안해지다가 틀리고, 또 그런 중에서 목은 메어오고, 인재근 엄마의 눈에 고인 눈물이 보이고 그래서 더욱 목이 메고, 노래가 뒤죽박죽 엉망진창이 된 채 끝나고 말았다.

병준에게.

지난번에 내려와 병준이 네가 불러준 노래 정말 잘 들었다. 워낙 노래를 잘한다고 생각하고 있었지만 그날은 더욱 각별한 것 같았다. 네 노래를 들으면서 노래에 빨려 들어갔고 괜히 콧등이 시큰해지면서 네 노래에 공명되어 아버지 가슴속에서는 어떤 떨림의 물결이 일어났다.

처음 듣는 노래여서 그 가사가 정확히 어떤 내용인지, 또 곡조의 어디에 아름다움의 무게가 집중되어 있는지 가늠이 잘 되지는 않았다. 그럼에도 이런 것들이 느껴졌다. 상당히 긴 노래인데도 지루하게 생각되지 않았고, 비교적 밝고 명랑하며 또 호소력도 있는 멜로디를 갖고 있는 노래라고 말이다.

그러나 이날 무엇보다 두드러졌던 것은 병준이 너의 자신 있게 노래 부르는 태도였다. 노래 전체 어디에도 음정이 불안한 곳이 없고, 또 너 자신이 그 노래를 자신 있게 부를 수 있다는 것을 잘 알고 있음이 노래에 뚜렷이 배어 있었다.

자신감이 지나쳐서 건방져지게 되면 느끼하게 되고 때로는 반발심도 생기고 또 심한 경우 역겨움조차 솟구쳐 그런 노래엔 등을 돌려버리게 되는데, 병준이 노래엔 그런 그림자는 전연 없었다. 자신감이 배어 있는데도 노래 맛은 깨끗하고 순수하게 느껴졌다.

그리고 말이다, 병준아. 여기는 감옥이잖니. 그래서 노래 부르기엔 다소 어색하고 또 침울할 수도 있는데, 그런 것들을 싹 무시해버리고 흔쾌히 노래를 부르는 네 모습은 맑은 한 줄기 바람처럼 향기로운 것이었다.

병준아, 이번 말고 지난번 아버지가 감옥에 들어왔을 땐 참으로 어려웠다. 기상도 훨씬 더 우울하게 보였고 정치권력을 쥐고 있는 사람들이 자신의 욕심을 채우기 위해서는 무엇도 할 수 있는 것 같은 상황이었다. 피를 흘리게 하는 것도 마다하지 않을 형국이었다. 그래서 바깥에 있는 사람들도 상당한 두려움과 공포심에 차 있었고 이 안도 대차가 없었다.

너도 어렴풋이 알고 있겠지만 그때 나는 권력자들의 미움을 굉장히 사서 지독하게 매 맞고 모욕을 당한 끝에 몸과 마음에 큰 상처를 입고 있었다. 더구나 그런 상황에서 저들은 비열하게 엄마는 물론이고, 아버지 편을 들어줄 그 누구도 만

나는 것을 불법적으로 차단하였다.

그뿐 아니라 이 감옥 안에서도 그 당시 숱하게 들어와 있었던 모든 시국 사범으로부터 완전히 차단당해 있었고, 일반 재소자들의 따뜻한 인사나 격려도 물론 제지되고 있었다. 그리고 내 옆방과 바로 앞방에는 정신 질환에 걸린 사람들이 갇혀 있어 밤이나 낮이나 떠들고 부스럭대서 제대로 잠을 자기가 어려웠고, 신경은 더욱 날카로워져갔다.

이런 차단과 고립 속에서, 아직도 늦추어지지 않고 있는 적의 속에서 아버지가 스스로 버티고 일어서는 데에 노래에 기댄 바가 적지 않았다.

저녁을 먹고 치우고 나면 서울 서대문구치소엔 일찌감치 땅거미가 찾아든다. 건너편에 보이는 인왕산 꼭대기엔 아직 햇빛이 남아 있건만 내가 있던 병사 뒷마당엔 어둑어둑하고 눅진눅진한 어스름이 여지없이 좌악 깔리곤 했다. 그러면 마음은 더욱 외로워지고 상처는 매일 새로 도지는 듯했다. 좁은 비닐 창문을 열어젖히고 쇠창살에 기대어 선 채 땅거미를 바라보다가, 인왕산의 햇빛을 쳐다보다가 그 서로의 어긋남에, 그 부조화에 다시 마음 상해하다간 결국 노래를 부르곤 했다.

김민기의 〈아침이슬〉, 양희은의 〈이루어질 수 없는 사랑〉 또 송창식과 윤형주의 노래들을 어떤 때는 조용히 그리고 다른 때는 제법 큰 목소리로 부르다가 목이 메어 눈물이 흘러 끝까지 부르지 못하고 중단하기도 했고, 울음 섞인 목소리로 노래 가사를 주섬주섬 늘어놓기도 하였다. 이렇게 노래 부르다가 울고, 울다가 노래 부르다 보면 얼마간 마음이 개운해지는 것이었다. 특히 김지하의 노랫말에 곡을 붙인 〈새〉라는 노래를 부르다 보면 꼭 내가 그 새가 된 듯한 기분이 되곤 했다.

그런데 당시 이 노래 속에서 일체감을 느끼곤 하였지만 그것은 어떤 밝은 희망이나 다시 딛고 일어섬 같은 것이 아니라, 멀리멀리 날아가 마침내 점이 되었다가 사라져가는 텅 빈 외로움과 슬픔을 오히려 짙게 하는 것이었다. 공허하고 허망한 기분이 되는 것이었다. 당시 내 기분에는 맞았지만 뒷맛이 개운치 않아 될 수 있으면 피하고자 했다. 그러나 노래에 있는 어떤 마력에 결국엔 이끌려 들어가곤 했다.

당시 서대문구치소의 사방에 있는 스피커는 차라리 소음기였다. 끊임없이 지지직 잡음이 나기도 했고, 레코드판을 걸어놓고 사람이 어디로 가버린 탓인지 같은 곡조를 한없이 되풀이 토해내는 신경을 매우 자극하는 애물이었다. 그러나 그 와중에도 소음 속에서 나는 몇 가지 노래를 배웠다. 〈밤배〉, 신형원의 〈불씨〉, 조동진의 〈행복한 사람〉, 조용필의 〈친구여〉, 그리고 최진희의 〈사랑의 미로〉 등을 배웠다.

나는 사실 최진희의 쉿소리 나는 목소리를 좋아하지 않는

다. 정을 주기가 망설여지는 분위기가 느껴진다. 가사가 너무 상투적이고 진부한 것도 마음에 안 들고. 그러나 그 곡조는 흐느끼고 갈구하는 최진희의 풍부한 음량 속에서 파도가 되어 아버지 가슴에 밀어닥치는 듯했다. 그래서 열심히 따라 불렀고, 혼자도 여러 번 불러서 이 노래를 부르는 데에 자신감이 붙었다.

병준이 너도 알다시피 인재근 엄마의 생일이 음력으로 11월 11일이잖니. 감옥에 갇힌 지 세 달 반 만에 엄마를 처음 면회한 지 대략 열흘 정도 지난 안팎이었다고 생각된다. 필경 네 생일 전후였을 것이다. 엄마가 자기 생일날 면회 오기로 되어 있었고, 그에 대비해 〈사랑의 미로〉를 맹렬히 연습했다. 이 노래를 아버지가 불러 엄마의 생일을 축하하고자 한 것이었다.

그런데 병준아, 이게 웬일이니. 그렇게 자신 있게 불렀던 이 노래를 유리창을 통해 엄마를 마주 보면서 접견실에서 부르고자 하니까 마구 떨리는 것 아니겠니. 마음을 진정시키고자 해도 잘 안 되고, 그래서 몇 번 망설이고 망설이다가 시작했지만 처음부터 목소리가 떨리고 음정은 불안해지다가 틀리고, 또 그런 중에서 목은 메어오고, 인재근 엄마의 눈에 고인 눈물이 보이고 그래서 더욱 목이 메고, 노래가 뒤죽박죽 엉망진창이 된 채 끝나고 말았다. 그러니 내가 얼마나 계면

쩍었겠니. 정말 쥐구멍이라도 있으면 숨어버리고 싶은 심정이었다.

그러나 인재근 엄마의 얼굴은 아주 환해지는 것이었다. 엉터리로 노래 부른 것을 엄마도 틀림없이 눈치챘겠지만 아마 그때 내가 표현하고 전달하고자 했던 마음을 온전히 느끼고 있는 것 같았다.

나는 그때 다시 일어서고 있었던 것이다. 저들이 가한 상처에 쓰러지지 않고, 이제는 일어서기 시작하고 있었던 것이다. 그것을 말하고 싶었다. 그리고 엄마나 너희들이나 바깥의 친구들에 대한 나의 그리움, 사랑을 노래에 떠우고 싶었던 것이다. 노래 부르는 것엔 실패했지만 그 마음은 엄마에게 분명히 전해진 것이 느껴졌었다.

병준이의 시원한 한 줄기 바람 같았던 노래를 생각하면서, 지난날 아버지의 어둡고 슬프고 서러웠던 노래들, 그리고 실패했던 노래 〈사랑의 미로〉를 되돌아보았다. 그리고 노래는 무엇인가, 그리고 음악은 무엇인가도 약간 생각해보았다.

결론은 이렇다. 노래는, 음악은 정말 해볼 만한 것이다. 특히 병준이처럼 재능이 있는 경우에는 정말로 고려해볼 만한 것이 아닐까 여겨진다. 물론 그 결정은 병준이 네가 하는 것이고…. 그러나 큰 성취를 이루고자 하는 경우에는 열정과 노력이 재능 못지않게 중요한 것임은 말할 필요도 없는 것이

다. 내년엔 중학생이 되는 병준이가 깊이 생각해볼 만한 일
일 것이다.

　이만 줄인다. 잘 있거라.

1991년 8월 16일

홍성에서 아버지가 썼다

병준이 아버지에게.

양 날갯죽지가 뻐근하군요. 일요일만은 아이들과 함께하
려고 하기도 하였지만, 두 놈이 일요일, 즉 엄마가 쉬는 날을
손꼽아 기다리기 때문에 되도록 실천하려고 노력하고 있죠.
그런데 오늘 나갈 일이 생겨 두 놈을 끌고 나갔더니 참 힘드
네요. 공주님이 자꾸 업어달라며. 우리 아가씨는 입이 여물
어서 큰일이에요.

유치원에 선생님이 두 분이신데 한 분은 원장 선생님, 한
분은 김혜란 선생님이래요. 그런데 다른 아이들한테는 안
그랬는데 병민이에게 귀엽다고 했다는 거예요. 잠시도 입을
다물지 않고 조잘대는 김병민이가 무척 보고 싶으리라 생각
돼요.

아침에 눈을 뜨면 "엄마 오늘 날씨가 따뜻하지?" 하고 묻

죠. 당신은 이 질문이 무엇을 의미하는지 모르실 거예요. 오늘의 패션을 정하기 위해서예요. 스커트를 입으려는 의도적인 질문이라고요.

그리고 요즈음 오빠에게 뽀뽀 세례를 퍼부어 오빠가 어쩔 줄을 몰라 해요. 이 세상에서 오빠가 제일 좋대요. 김병준이는 동생이 한없이 귀여울 따름이죠. 김병준이 짝은 서은실. 우리 동네 빵집(부산뉴욕) 딸이고, 병준이와 유치원 동창생이죠. 참 다행이에요. 은실이는 책을 유창하게 읽을 뿐 아니라 글씨도 어른과 같이 숙달되게 잘 쓰더군요. 요즈음 기역, 니은 등을 배우는데, 선생님이 준비물을 불러주면 병준이는 미처 쓰지 못하는 모양이고 은실이가 재빨리 써주는 모양이에요.

제가 그동안 정신없이 살아서 잘 가르치지 않은 탓도 있고, 그런 것에 대한 큰 의미를 두지 않게 된 점도 있죠. 건강하게 잘 자라만 주었으면 하는 생각뿐이에요. 어찌 보면 의욕 상실증에 걸려 있는 것 아닌가 하는 생각조차 들거든요.

저녁에 집에 돌아오면 온몸이 쑤시고 피곤한데 꼭 해야 하는 것은 아들의 오목 상대가 되어주어야 하는 것이죠. 오목이 시시한지 바둑을 가르쳐달라고 졸라요. 상당히 잘 두거든요. 내가 봐주지 않아도 이길 때가 있어요. 장기도 두지요. 졸려서 자겠어요. (3월 24일 오전 2시)

(3월 24일 오전 7시 20분) 병준이의 등교 시간이 8시 40분이기 때문에 8시 30분에 집을 떠나야 합니다. 당신께 면회도 자주 가지 못하고 편지도 깊이 생각해서 쓸 수 없어서 안타깝지만 이해해주시리라 믿고, 틈틈이 우리 새끼들 이야기 써 보낼게요.

조금은 고비를 넘겼겠지만 제일 힘든 것이 이놈들이 그리운 점이리라 생각되는데 만날 기회를 만들어보도록 하죠. 안녕!

1986년 3월 26일

재근이가

병준이 아버지에게.

오늘은 매우 기분이 좋은 날이에요. 당신을 만나고 나오는 길에 전화를 해서 병준, 병민에게 일찍 집에 들어갈 것을 약속했어요. 만사를 제쳐놓고 집에 가서 녀석들과 저녁 먹고 놀려는 생각에서였죠. 그러나 그것은 또 여지없이 깨져버렸죠. 9시가 다 되어 전화하니 병준이 녀석은 곯아떨어지고 병민이는 놀고 있다는 거예요. 쌍문시장에서 딸기를 사가지고 집에 오니 병민이마저 잠이 들어버렸어요.

그러나 오늘 당신의 편지를 한꺼번에 두 통을 받는 영광의 날이기 때문에 좋은 날이기도 하고, 어젯밤 꿈속에서 당신이 나를 원망하고 꾸짖었거든요. 일을 제대로 처리하지 못한다고. 그런데 오늘 당신의 모습은 밝았고, 모든 것을 용서하고 이해하는 것 같았어요.

오늘 하루 종일 길을 걸으면서도 웃음이 나왔어요. 머리 깎은 당신 모습은 병준이를 너무 닮았어요. 그래서 자꾸 웃음이 나온 것이에요. 어째서 내 배 아파서 낳은 내 아들이 당신만 그렇게 닮을 수가 있어요. 그런데 면회실에서 나와 웃으면서 마당을 뛰는데 기연이와 충희가 웃으면서 병민이하고 똑같다고 하더군요.

여보! 병민이는 너무 귀여워요. 나도 어렸을 때 저렇게 귀여웠을까 싶어요. 하기야 이발소 아저씨도 나를 며느리로 삼겠다고 아버지 따라 이발소에 갔을 때 몇 살이냐고 묻곤 했어요. 동네 어른들이나 선생님들 모두 나를 귀여워했었던 것 같아요.

두 놈이 다 자는 바람에 혼자 집에 돌아와 이렇게 당신에게 신세타령인지 자랑인지를 하고 있어요. 정은이와 하정이가 며칠 전 1주일 사이로 생일이었다는 것을 뒤늦게 알았어요. 요놈들 오늘 밤 잠바 스커트 하나씩 사주고 작은엄마 노릇한 것 같아 또 기분이 좀 좋아요.

나는 지금 무기수의 아내가 쓴 '다시 본 푸른 하늘'이란 수기를 보고 울었어요. 작년 12월에 장기수 몇 사람이 귀휴하는 것을 받았어요. 수기는 이 민족의 아픔을 그대로 나타내 주었습니다. 오늘 당신의 편지 속의 우리 어머니, 평소에도 버들피리 잘 부시는 어머니에 대해 당신이 나에게 이야기했었지요. 이 어머니의 한이 안재구 씨 부인 장수향 씨에게로 또 나에게로, 또 누구에겐 민족의 한으로 남아 흐르는 것이 겠죠. 분단 조국의 서러움으로.

여보! 나는 요즈음 마담뚜에서 가정법원 역할까지 한답니다. 평소 항상 바쁜 나였지만. 천차만별의 사람들이고, 이들 사이에 벌어지는 요지경은 이루 다 말할 수 없을 정도예요. 나는 아마 이 과정에서 많은 것을 배울 것입니다. 그리고 나는 당신을 볼 기회를 호시탐탐 노릴 것입니다. 안녕!

1986년 3월 28일 새벽 1시
재근이가

아빠는 노래에 약하다. 약간 박치라고 해야 하나. 노래할 때 반 박자 느리게 들어간다. 안타깝게도 내가 닮았다. 그래도 아빠의 음성은 아주 좋다. 중저음의 부드러운 목소리는 귓가에 오랫동안 울림을 남긴다. 김병준 오빠가 닮았다. 아빠는 같이 노래하는 분위기를 좋아했다. 기분이 좋을 때, 우울할 때 모두 노래를 불렀다. 낭만적 분위기를 잘 만들었다.

남영동 이후 몸과 마음이 아직 황폐해져 있을 때 인재근 엄마의 생일을 맞았다. 두꺼운 유리창을 사이에 두고 연습한 〈사랑의 미로〉를 불렀는데 완전히 음정, 박자 다 틀리고 가관이었다고 후에 엄마한테 들었다. 얼굴은 푸석하고 눈가는 축축하고, 콧물을 줄줄 흘리는 얼굴로 노래를 불렀다고. 그 처연한 얼굴을 보고 눈물을 참느라고 혼났단다. 피 흘리고 처참히 무너졌던 그때로부터 석 달 정도 지난 후였다. 아직 발걸음을 떼지도 못하고 다리를 질질 끌고 다닐 때였다.
엄마는 두꺼운 유리창 너머에서 마주 보고 사랑의 노래를 부
르는 김근태 아빠의 모습과 자신이 너무나 처연했다고 한다.
그래서 일부러 "노래를 왜 이렇게 못 불러!"하고 괜한 편잔
도 줬다고.

돌아오는 버스에서 하염없이 눈물을 흘렸다고 하니 엄마
를 향한 김근태 아빠의 마음이 온전히 전해졌던 것만은 분명
하다. 우리에게 돌아오는 처절한 길목에서 부른 노래라서 그
런지 다시 들어도 가슴 한구석 콱 틀어쥔 것처럼 아린다. 모
진 시간을 보내고 다시 일어서고 있다고, 돌아오고 있다고
말하는 것 같아서.

사랑의 미로
_최진희

그토록 다짐을 하건만 사랑은 알 수 없어요
사랑으로 눈먼 가슴은 진실 하나에 울지요
그대 작은 가슴에 심어준 사랑이여
상처를 주지 마오 영원히
끝도 시작도 없이 아득한 사랑의 미로여

흐르는 눈물은 없어도 가슴은 젖어버리고

두려움에 떨리는 것은 사랑의 기쁨인가요

그대 작은 가슴에 심어준 사랑이여

상처를 주지 마오 영원히

끝도 시작도 없이 아득한 사랑의 미로여

때로는 쓰라린 이별도 쓸쓸히 맞이하면서

그리움만 태우는 것이 사랑의 진실인가요

그대 작은 가슴에 심어준 사랑이여

상처를 주지 마오 영원히

끝도 시작도 없이 아득한 사랑의 미로여

고무줄 여왕

병민이 네가 통통거리며 고무줄을 하고 있는 것을 보고 있노라니 슬며시 아지랑이가 솟아오르고, 일렁거리는 그 너머에 양 갈래로 머리를 땋고 씩씩거리고 있는 여학생 모습이 보이는 듯했다. 그때였지. 엄마가 "너희 아빠도 고무줄을 끊었단다"라고 비난하면서 너에게 고자질한 것이. 그러자 너는 "피해 보상을 요구당할 수도 있어"라고 했던가.

병민에게.

"나를 사랑해줄 아빠는 감옥에 들어가 있고…"라고 징징대면서 밥도 잘 안 먹는다고 네 흉을 엄마가 본 적이 있었다. 그런데 그 흉 속에는 미움이나 멸시가 있는 것이 아니라 약간 기가 막혀 하는 자랑스러움이 들어 있는 듯했다. 내가 남자이기 때문에 딸인 병민이 너를 특별히 더 사랑한다고 분명하게 주장하는 네 의견을 뒤이어 전해준 엄마의 말 속에서 그것을 충분히 알아챌 수 있었다.

병민이 네 말대로 그래서 그런지 지지난번에 네가 내려와 고무줄을 사뿐사뿐 해내는 것을 보고 나는 바보처럼 "헤" 하고 있었다. 아마 너는 눈치챘을 것이고, 엄마는 일부러 눈을 크게 흘기기도 했다. 그러는 네가 자랑스러웠고 사랑스러웠다. 이제 병민이 너는 칭얼거리는 아기가 아니고, 몸도 커지고, 마음과 정신도 성장하고 있는 학생임을 거기서 나는 역력히 볼 수 있었다.

아버지는 이처럼 감옥을 들락날락하고 엄마는 아빠 옥바라지하고, 또 민주주의와 통일 그리고 민중의 삶의 개선과 발전을 위해서 싸우고 뛰어다니고 있는 그 사이에서도 네가 그렇게 무럭무럭 크고 있는 것이 정말로 고마운 일이었기 때문이다. 그리고 그런 딸인 네가 예쁘고 말이다.

그날, 그리고 그 후 너의 고무줄에 걸려 있는 얘기를 듣고 나는 무척 흥미로웠다. 어떤 동네 오빠가 병민이 보고 "너는 잘 못하는구나"라는 말을 했을 때 그때 네가 얼마나 속상해 했을지 충분히 짐작된다. 그 후 하루 종일 고무줄을 했고, 그러다가 너무 피곤해서 코피까지 흘렸다면서. 또 집 안 여기저기에 고무줄을 묶어놓고 쿵쾅거리다가 2층 아저씨한테 말도 들었다면서.

이 점은 너에게 설명을 해야겠다. 아마 그때 병민이 너는 꽤 화가 났을 게고 또 약간은 서럽기도 했을 거라고 생각된다. 엄마, 아빠가 다 집에 없는 경우가 많고 그리고 우리 집이 아니어서 뭐 좀 뛰었다고 이렇게 주인집 아저씨에게 야단을 맞는구나라고 네가 느꼈을 수도 있으리라고 생각되는구나.

네가 이런 느낌이었다면 아버지는 정말 너를 위로하고 싶구나. 너의 가슴 아픔을 어루만져주고 싶구나. 그러나 병민아, 너는 이해해주리라 믿는다. 이 시대, 이 나라에서 엄마 아빠가 하는 민주화운동은 불가피하고 또 중요한 것임을 말이다.

그리고 2층 아저씨가 주인으로서 혹시 마루가 꺼지지 않을까 싶어서 그리고 쿵쿵 울리는 소리가 신경에 거슬려서 한 말, 그럴 수도 있는 것이라고 네가 소화해주기를 바란다.

사람은 살면서 서로 마음의 상처를 주고받고, 그에 대해 용서를 구하고 용서를 해주면서 사는 것임을 병민이 너도 어렴풋이나마 알고 있을 거라고 나는 생각하고 싶구나, 병민아!

그러고 나서 드디어 병민이 너는 고무줄의 여왕이 되었다고…(이쯤에서 짠짠짠! 해야겠지) 병준이 오빠가 그날 흉을 봤지. 고무줄 하다가 싸우고 헤어졌다가 그 이튿날 또다시 같이 하다가 또 싸우고 헤어진다고. 이 얘기를 들으면서 병준이는 그렇게 말할 수 있는 권리가 있을 수 있으나, 나는 병민이 네 편이라고, 확고하게 네 편이라고 속으로 다짐을 하였단다. 어떤 일이나 놀이를 같이 하다가도 의견이 다르면 긴장이 오고 심한 경우엔 말다툼하고 싸울 수도 있는 것이다.

그러나 그랬다고 원수가 되어 영영 등을 돌려버리는 것이 아니고 다시 화해하고 함께하다가 또 갈등하고 다투는 것이 사람들이 사는 진짜 모습이라고 나는 생각하기 때문이다. 너와 병준이 오빠는 둘도 없는 오누이고 서로 사랑하지만 자주 티격태격하는 것 또한 자연스러운 것이라고 나는 생각한다. 다만 그때 진짜 미워하고 잔인하게 때리고 물고 한다면 그것은 안 되겠지. 그것은 비겁한 것이고 그럴 때 사람은 동물에 가깝게 떨어지는 것일 게다.

하지만 병민아, 네 의견과 주장이 분명하고 옳지만 어떤 경우에는 모두의 분위기를 고려해서 네가 참고 한발 양보할 수 있는 넉넉함을 가질 수 있도록 노력하기 바란다. 그렇게 할 때 병민이 너는 더욱 성숙해지고, 친구들을, 사람들을, 이 세상을 네 가슴에 껴안을 수 있는 아주 큰 능력을 갖게 되는 것이란다.

글도 잘 쓰고 그림도 잘 그리고 또 동무들과 함께 신나게 고무줄도 잘하는 병민이를 나는 진짜 사랑한다. 아마 그런 딸이기 때문에 더욱 사랑할 것이다. 그리고 만일 모든 것을 가슴에 품어 따뜻하게 할 수 있는 그런 마음을 갖기 위해서 병민이 네가 노력한다면 그때는 너는 딸이면서 동시에 우리 서로 사랑하고 존경하는 친구가 될 수 있을 것이다.

다음에 이곳 홍성으로 내려올 때 한번 눈여겨 찾아봐주기 바란다. 오산역과 송탄역 사이에 진위란 곳이 있다. 그 역 이름이 지금 정확히 무엇인지는 모르겠구나. 그곳은 진위면 하북리라는 데다. 거기서 고속도로 쪽으로 10리쯤 가면 진위국민학교가 있는데, 그곳에서 나는 초등학교 3학년 1학기까지 다녔다. 거길 떠난 지 이제 36년이 되는데 아직 한 번도 다시 가보지 못했다. 그래서 더욱 그리움으로 나에게 남아 있단다.

누구에게든지 자기가 어렸을 때 자란 곳과 그곳의 사람들은 그리움의 대상이고 행복의 원형으로 남게 되는데 아버지에게도 그렇단다. 진위가 내 마음에 그토록 애틋한 그리움으로 다가오게 되는 것은 이런 이유 때문이지만 그런 그리움을 더욱 짙게 보는 데에는 고무줄과 관련된 어떤 초등학교 여학생의 모습이 있다.

이름은 아마 김금봉이었을 거고 뒷머리를 양 갈래로 땋았고, 얼굴은 갸름하고 약간 도시적이었으며 그래서 그런지 어딘가에 그늘이 져 있는 것 같았고, 또 바람도 약간 든 듯했다. 그 애의 눈동자가 어땠는지는 기억이 나지 않는다. 세월의 흐름에 깎여서 그런지 본래 별 특색이 없는 눈이어서 그런지 어느 쪽인지 잘 모르겠다. 참, 공부도 잘했던 것 같고.

왜 그랬는지 이유는 또렷이 기억나지 않지만, 그 애의 고무줄을 면도칼로 끊어버렸다. 그러자 그 애는 씩씩거리며 쫓아왔고 나는 그 앞에서 너끈히 요리조리 피해나갔다. 그 애는 더욱 약이 올라 마침내 울면서 쫓아다녔는데, 그때 내 기분은 아주 묘했단다. 뭐랄까. 기분이 째지는 듯하면서도 가슴이 아픈 듯하고 그러면서 또 엉뚱하게 행복감 같은 것이

스멀스멀 기어들어 가슴을 그득 채우는 것이었다.

병민이 네가 통통거리며 고무줄을 하고 있는 것을 보고 있노라니 슬며시 아지랑이가 솟아오르고, 일렁거리는 그 너머에 양 갈래로 머리를 땋고 씩씩거리고 있는 여학생 모습이 보이는 듯했다. 그때였지. 엄마가 "너희 아빠도 고무줄을 끊었단다"라고 비난하면서 너에게 고자질한 것이. 그러자 너는 "피해 보상을 요구당할 수도 있어"라고 했던가.

나는 잠시 어리둥절했고, 그게 무슨 뜻이냐고 하자 너는 그냥 웃고 있었고 엄마가 설명을 했지. 아빠 머리엔 산뜻하게 불이 켜지지 않았고 껌뻑대는 형광등이 자리를 잡고 있었던 거야. 다른 경우 다른 사람들 앞에서였다면 더 무안해하고 계면쩍어했을 텐데, 그런 감정은 생기지 않고 뒤늦게 "아" 하고 소리를 지를 뻔했다. 그것을 가까스로 참은 것은 정말로 껌뻑대는 형광등으로 공식적으로 낙인찍힐지도 모른다는 염려 때문이었다.

너희들이 떠나고 난 다음 내 방으로 돌아와 혼자서 바보처럼 "아" 하면서 나지막하게 외마디 소리를 질러댔다. 누가 보면 어쩌나 하는 생각도 들었지만 그렇게 하지 않을 수 없었다.

새까맣고 빤짝빤짝 빛나는 매력적인 눈동자라고 엄마가 말할 때마다 정말 그렇다고 하면서도 웃었는데, 그 눈동자

뒤에 배후로 앉아 있는 네 머리야말로 빤짝빤짝하는 진짜 주범임에 틀림없다. 눈동자가 반짝이고 머리가 빤짝이며 그 빤짝거림을 적절한 시점에서 정확하게 말로 바꿔낼 수 있는 네 그 조그만 입술을 사랑한다. 우리 딸 병민이, 너를 사랑한다.

그러니 내가 너를 진짜 사랑하는 이유는 "무엇무엇 때문에" "무엇을 잘해서"가 아니란다. 네가 엄마, 아빠에게 온 것 자체가 축복이고 자랑스러움이란다. 다시 말하자면 너에 대한 사랑은 근본적으로는 무조건적이란다, 병민아.

집 앞에 전봇대가 있지. 한쪽은 거기에 매고 다른 쪽은 내가 붙들고, 그런 상태에서 병민이가 깡충깡충 고무줄을 하는 것을 바라볼 수 있는 날이 빨리 가까이 오기를 정말 기다리고 있다. 병민이 너를 사랑한다. 잘 있어라.

\

1991년 9월 26일

홍성에서 아버지가 보낸다

\

더하고 싶은 얘기

고무줄 했을 때 앞으로 떠오를 모습은 이제부터는 그 애가 아니고, 바로 병민이 너일 것이고, 그때 피어오를 그리움의 대상도 인병민 너일 것임은 의심의 여지가 없는 것이다. 이 점을 다시 한번 확인한다.

김근태 아빠에게 가는 길은 소풍 가는 것처럼 설레었다. 한 달에 한 번 허락된 시간이었다. 아빠는 감옥에, 엄마는 독재투쟁과 옥바라지로 바빴다. 그 결핍의 시간은 아빠를 만나는 날 모두 날려버렸다. 그날도 교도소에서 깡충깡충 뛰면서 갈고닦은 고무줄 실력을 뽐냈다. "전우의 시체를 넘고 넘어", "잘~ 자라납니다~", "금강산 찾아가자 일만 이천 봉" 등등 모든 고무줄 노래를 부르며 바삐 발을 움직였다. 고무줄만이 아니었다. 그림을 배우면 스케치북과 크레파스를 가져가 그려보았고, 글씨를 배우면 공책과 연필을 가져가서 써보았다. 아빠는 무엇을 하든 응원하고 격려해주었다.

김근태 아빠도 똑같이 우리를 만나는 특별 면회 날을 손꼽아 기다렸다. 머리를 감고 단정하게 머리를 빗었다. 면도를 깔끔하게 하고 옷도 개중 깨끗한 것을 골라 입었다. 만났을 땐 우리에게 눈을 떼지 않고 그동안 우리가 지냈던 이야기를 하나도 빼놓지 않고 들어주었다. 요즘 말하는 '딸 바보' 그게 바로 김근태 아빠였다.

그런 김근태 아빠가 내 결혼식에 참석하지 못할 것이라고 는 꿈에도 생각지 못했다. 2011년 12월 10일 결혼식을 앞두고 있었다. 아빠 건강에 큰 이상이 생겼다고 느꼈던 건 10월 15일 비를 흠뻑 맞고 들어온 날이었다. 그날 혼수를 결정하고 집에 돌아오는데 가을비가 장맛비처럼 내렸다. 우산이 없었던 아빠는 비를 맞고 길도 헤매었던 것 같다. 괜찮은지 물었더니 특유의 따뜻한 미소만 지어 보였다. 처음엔 피곤해서 그런 줄만 알았다. 아빠의 건강은 그날 후 점점 안 좋아져갔다.

의사는 파킨슨병의 징후라고 했다. 2007년 파킨슨병에 걸린 것을 알았다. 나름 아빠가 관리를 잘 해왔다고 생각했다. 그러나 진행을 막을 수 있는 병이 아니었다. 약을 바꾸어도 보았지만 여전히 차도가 없었다. 정치를 계속하겠다는 의지가 확고했던 김근태 아빠 때문에 병을 숨겨왔다. 입원은 아빠의 병을 밝혀야 한다는 결단이 필요했다. 망설였다. 어찌 보면 아빠의 건강을 낙관했던 것 같다. 김근태는 1985년 9월 남영동에서도 살아 돌아왔으니까. 20년 넘게 우리 곁에서 따뜻한 아빠와 좋은 정치인으로 살아냈으니까. 병마마저 이겨내시리라….

11월 29일 의사에게 전화가 왔다. 아빠의 검사 결과가 나왔는데, 뇌정맥이 막혀 있는 상태라고…. '아!' 손은 떨리고, 얼굴은 이미 눈물범벅이 되었다. "요즈음 물을 많이 못 마셨나요? 소변을 잘 못 보셨나요?" 의사가 묻는데, 아무것도 대답할 수 없었다. 논문 쓴다고, 일한다고, 결혼 준비한다고 김근태 아빠와 보낼 수 있는 마지막 시간들을 허비해버렸다. 아빠와 시간을 보내지 않았으니, 평소 아빠의 생활을 알 리가 없었다. 그 시간들이 아직도 가장 큰 후회로 남는다. 얘기도 나누고, 여행도 가고, 아빠가 좋아하는 전시회도 함께 봤어야 했는데….

엄마에게 전화해 당장 입원해야 한다고 말했다. 회사 복도 끝에서 쪼그리고 앉아 전화를 끊고 앞이 안 보일 정도로 한참을 울었다. 하늘이 무너진 것 같았다.

아빠는 내 결혼식 열흘 전 병원에 입원했다. 결국 아빠 없는 결혼식을 치러야 했다. "난 물건이 아니야. 아빠한테서 신랑한테 건네지는 신부 입장은 하지 않겠어!" 결혼 준비를 하면서 나는 단호히 말했었다. 정작 결혼식 때는 어쩔 수 없이 동시 입장으로 결혼식을 마쳤다. 수동적인 신부 입장을 반대하던 나였지만, 그날만큼은 아빠 손 붙잡고 입장하는 신부들이 부러웠다.

　신혼여행을 취소하고 아빠 병간호를 했다. 입원 후 한 달째에 가셨다. 1985년 죽음을 이겨내어 돌아온 김근태 아빠는 2011년 겨울 병마와의 싸움에서는 돌아오지 못했다. 5일장을 치르고 마석 모란공원에 모셨던 며칠의 장례 기간은 필름이 끊긴 듯 띄엄띄엄하다. 눈물샘은 고장 났고, 다리에 힘이 풀려 걸을 때마다 삐걱거렸다. 외롭고 추웠다. 세상에 혼자 남겨진 것 같았고, 이제 앞으로 살지 못할 것만 같았다. 너무 쪼그라들었다.

　장례 끝난 며칠 뒤 인재근 엄마가 내 청첩장과 두 번 접힌 종이 한 장을 건넸다. 그 종이에는 김근태 아빠가 주례를 설 때마다 가지고 다녔던 직접 쓴 메모가 있었다. '서로의 건강과 이웃의 평화를 지키는 파수꾼이 되어라', '서로 대화를 할 수 있는 용기를 가져라', '서로 다른 것이 있다는 것을 흔쾌히 받아들여라'라는 내용이었다. 아빠가 병원에 입원할 때 입고 갔던 잠바 주머니에 내 청첩장과 주례사가 접혀서 같이 들어 있었단다. 끝까지 '딸 바보'였던 아빠가 준 마지막 선물. 김근태의 주례사였다.

　아빠의 편지를 읽으며 자랐던 어린 시절처럼 아빠의 주례사를 읽으며 다시 살아내고 있다.

남영동 1985

'고문 없는 세상에 살고 싶다!' 피켓을 들고 서 있는 아이. 그게 나였다.
'고문'이라는 단어는 그 뜻을 알기 전부터 익숙했다. 농성할 때, 면회할
때, 전화할 때 어디에나 있었다. 처음엔 그 의미를 문맥상 '고생' 정도로
생각했던 것 같다. 네 살 때부터 들어왔으니 그 말은 익숙함을 너머 친숙
한 정도였다.

무악재 너머로 쳐들어오는 바람 사이로 눈은 내리고, 눈은 지천으로 내리고 세상은 하얘지고 이곳은 더 깊이 희어지고, 겨울은 깊어졌구려.

추위로 오그라든 가슴을 부여안고 찌그러지지 않으려고 버티다 보니 조그만 자신감이 오히려 탄탄해지는 것 같소. 추위 사이사이에 있었던 따뜻함이 버들가지 색깔을, 아는 사람만 알게, 꿈을 꾸는 눈을 가진 사람만 볼 수 있게 색깔을 띠어가는 중이라오.

이 추위가 그렇게도 밉살머리스럽더니, 이제는 그럭저럭 같이 지낼 만한 동반자가 된 것 같기도 하구려. 이제 며칠 있으면 설날이 되는구려.

이 겨울에 내린 많은 눈을 바라보면서 처음에는 꽤 울적했었다오. 가로막힌 쇠창살에 떠밀려 눈과는 서로 남남의 관계였고, 그리운 사람들과의 구수한 커피 한 잔이 거부되는 게 꽤 못마땅했었지.

눈 속으로 끼어들려고 비닐 창문을 열어젖히고, 쇠창살에 시선을 방해받지 않으려고 이리저리 몸을 틀다가 보면 "아이 추워" 소리를 내며 도로 창문을 닫을 수밖에 없었소. 황량해지는 마음을 모으려는 것도 매서운 겨울바람 앞에서는 소용이 없었지. 추위에 떠밀리고 눈 속에 파묻혀서 이제 겨울 한가운데를 훨씬 지나가버렸소. 이건 꽤 괜찮은 일인 것 같구려.

세월은 흐르고, 흘러가는 것이 손에 만져지는 것도 같소. '시계 부랄'은 그 누구도 멈춰 세울 수 없는 것이 은밀하게 자랑스러웠던 적이 있었는데, 난 그때 갈릴레이처럼 가만히 "그래도 지구는 돈다"고 중얼거리기도 했고, 주머니 속에서 그 누구도 모르게 손가락으로 날짜를 꼽고 있었다오.

물론 이것은 그 악몽의 시간 속에서였소. 아직 여름이어서 그 사람들은 에어컨을 틀곤 했는데, 나는 왜 그리 추웠는지 모직 잠바를 입고서도 등이 늘 서늘하였지. 그 잠바 주머니 속에서 부지런히, 참으로 열심히 손가락을 구부렸다 폈다 하면서 하루하루를 새까맣게 지워나갔다오.

시간은 내 편이었소. 은밀하게 미소 짓는 것을 나는 알아볼 수 있었지. 그래서 이 흐르는 시간이 지켜줘서 나는 부서

지지 않았던 것이오. 시간은 흘러와 나를 껴안고 여기까지 온 것이라오.

오새는 하루가 왜 이렇게 빨리 지나가는지 모를 정도라오. 생각할 것이 많고, 재판 준비도 해야 하고, 보고 싶은 사람들 얼굴을 떠올리고 공판정에 나오셨던 분들께의 인사 말씀을 바람에 실어 보내고, 병준이, 병민이의 "자유에 대한 토론"을 떠올리다가 웃기도 하고 말이오.

다만 아직 이런 생활이 그렇게 현실감 있는 것처럼 느껴지지는 않는다오. 최고의 코미디이며, 그런 희극의 깊은 계곡 어디쯤에 내가 있는 것만 같으니 말이오.

그때 난 참말로 바깥세상과의 모든 연결 통로를 차단당했었지 않소. 그리고 통로마다 입가에 냉담한 미소를 띤 사람들이 도사리고 있을 때, 그때 나는 조심스럽게 두리번거리며 찾았다오. 창문의 틈새로 어떤 때는 운 좋게 창문을 통해서 바깥의 냄새와 광경을 훔쳐보았다오.

그런데 그게 쉽지 않았단 말이오. 맡으려고 하는 설레는 자유의 냄새는 코끝에 닿지도 않고 바라보이는 맞은편 거리나 건물은 눈에 익지도 않았거니와 왜 그렇게 현실감이 탈색된 것처럼 다가왔는지.

옛날 1960년대쯤 어떤 시골 이발소 거울 위에 걸려 있었던 그런 지루하고 막연한 풍경, 아마 이건 30대 이상 남자들은 꽤 눈에 익은 것인데, 거기에 루오의 고뇌하는 검정색 윤곽과 주황색이 평면으로 펼쳐져 있었더란 말이오. 이런 고통이, 파괴가 자행되고 있는 오늘인데도 저 거리는 희쭈그레해져 멀찍이 비켜선 그런 느낌뿐이었더란 말이오.

그러나 그래도 난 이런 거리에 외로움 한 조각은 던져 보낼 수 있을 것 같아 어떻게든지 창문을 통한 바라봄의 자유를 얻으려고 했다오. 변을 보게 되면 그 시간이 연장될 수 있음을 알게 된 이후 정말 내 의지와 별 관계없이 대소변이 때도 없이 마렵고, 그래서 변기에 앉아 있는 그 시간 동안은 누릴 수가 있게 되었지.

그러면 창문은 미미한 바람을 들여보내고 거리를 실어왔었지. 그것은 희망에로 연결된 어떤 줄이었다오. 그런데 이를 눈치챘는지 어떤 한 사내는 그 창문을 열심히 닫아버리고 가로막아버리곤 했는데, 그때의 답답함은 긴 의자에 꼼짝 못하고 있을 때 느끼는 그런 외로움을 다시 생생하게 상기시키시곤 하였다오.

성내운 선생님, 윤순녀 선생님, 문 선생 사모님, 박형규 목사님 사모님, 어머니, 김종완 선생님, 그리고 이태복 씨 어머님, 석표 어머님, 구속자가족협의회 회원들께 정말 고맙다는 말씀 전해주시오. 여러분들이 오셔서 방청해주시기 때문에 용기가 굳어지는군요. 특히 김승훈 신부님, 김동완 목사님

등은 아예 후견인으로 결정하여 모셔야 할 것 같구려.

병준이 할머니, 이제 저는 괜찮아요. 정말 어렵고 감당키 어려웠던 그때는 지나갔고, 견딜 수 있어요. 할머니, 마음 약해지지 않으셔야 하고, 얼마 있으면 모두 잘 풀려나갈 테니까, 오히려 더 이상 늙지 않으시도록 애쓰셔야 합니다. 안녕히 계셔요.

이 겨울 따뜻하게 지내는 데에는 작년 12월 말일 날 일부러 시간을 내셔서 오셨던 이돈명 선생님의 격려 말씀이 컸었다오. 추워져 생각나 다시 쓴다오. 문 선생께서 구류를 이제 다 사셨겠구려. 그러나 문 선생은 충분히 극복해낼 건강을 갖고 계실 것이오.

병준아, 병민아. 아버지는 아주 먼 곳으로 여행을 떠났다가 이제 조금씩 너희들 가까이로 돌아오고 있단다. 아버지는 너희들이 보고 싶을 때는 저 높고 넓은 밤하늘을 쳐다보면서 노래를 부른단다. 거기에 있는 별을 보고 이 아버지의 노래를 너희들 꿈속에까지 실어다달라고 말이다. 잘 있어라. 내 애기들아.

1986년 2월 7일

{ 김병민의 글 }

　매년 9월~10월은 잔인한 가을이었다. 아빠는 땀을 뻘뻘
흘리며 앓았다. 1985년 남영동에서 깊게 파인 상처는 다 아
문 것 같았다가도 찬바람이 불기 시작하면 어김없이 다시 살
아났다. 몸은 기억하고 있었나 보다.

　'고문 없는 세상에 살고 싶다!' 피켓을 들고 서 있는 아이.
그게 나였다. '고문'이라는 단어는 그 뜻을 알기 전부터 익
숙했다. 농성할 때, 면회할 때, 전화할 때 어디에나 있었다.
처음엔 그 의미를 문맥상 '고생' 정도로 생각했던 것 같다.
네 살 때부터 들어왔으니 그 말은 익숙함을 너머 친숙한 정
도였다.

　'고문'의 정확한 의미, 김근태의 고문에 대해 정확하게 이
해했던 때는 1994년 초등학교 6학년이었다. 우리 집 책꽂이
에는 1985년 9월의 악몽이 기록된 남영동 책이 꽂혀 있었다.

언제나 그 자리에 꽂혀 있어도 두려움에 읽지 못했다. 엄마가 읽지 말라고도 했었다.

그런데 어느 날 집에 혼자 있는데 아무 이유 없이 그 책을 꺼내들어 읽어 내려가기 시작했다. 충격적인 내용이 아주 자세하게 묘사되어 있었다. 가슴이 쿵쾅거렸고, 그 모든 것들을 내 아빠, 김근태가 당했던 것이라고는 믿고 싶지 않았다.

어쩌면 나는 행복했던 그 시간 남영동에서 아빠는 영혼을 갉아먹히고 있었다. 나는 아무것도 하지 않고 사랑하는 아빠를 고통에 방치했구나. 아빠를 위험에서 보호하지 못했다는 죄책감마저 들었다. 한참을 혼자 울고, 분노하고, 가슴 아파하다가 결심했다. 다시 이런 고통이 아빠에게 찾아온다면 꼭 지켜내리라. 나중에 알았지만 이런 죄책감과 부채감 같은 것은 나 말고도 아주 많은 사람들이 느끼고 있었다. 오랫동안 남영동 책은 읽어보지 못했다. 차마 읽을 용기가 나지 않았다.

김근태 아빠가 병마에 하늘나라로 떠난 후 많은 후회를 했다. 그중 아빠의 고통을 직면하지 않았던 것이 가장 미안했다. 남영동 책을 읽은 후 난 무서웠다. 그 고통을 바로 보는 것이 두려웠다. 피하기만 했다. 시간이 흘러 모든 것을 극복했다고 생각했을 때 악랄한 '고문'의 그림자는 찾아왔다. 파킨슨병이란다. 송건호 선생님, 천상병 시인, 심각하게 고문

당했던 사람들의 말년에 찾아온 병. 서서히 몸이 굳어가는 병이다. 결국 이번엔 버티지 못했다.

장례가 끝나고 2주쯤 지났을 때 다시 남영동 5층 15호에 있었던 일을 기억해야 한다는 생각이 들었다. 직면해야 한다. 몇 시간 만에 남영동 책을 읽었다. 살아 계실 때 읽고 더 이해했어야 했는데. 더 보듬고 더 사랑했어야 했는데. 난 아빠에게 모든 것을 받기만 한 것 같았다. 후회 끝에 김근태의 삶을 기억하겠다고 다짐했다. 도망가지 않겠다고.

딸 김병민의 다짐은 아직 지켜지지 않았다. 영화 〈남영동 1985〉를 못 봤기 때문이다. 영화 개봉 당시 큰아이를 임신 중이었고 집안 모든 사람들이 아기 낳고 보자고 만류했다. 영화 시사회가 있던 날 난 혼자 인터넷이나 들락거리며 아무것도 한 것이 없다. 출산 후 보자던 결심은 둘째가 두 돌이 된 지금도 실천하지 못하고 있다.

1호선 남영역에서 보이는 남영동 대공분실 건물에도 못 가봤다. 독재 정권에 맞서 싸우고 민주화를 위해 한 몸 투신했던 분들의 울부짖음이 맺힌 곳. 지금은 경찰청 인권센터로 운영 중이고 박종철 열사 기념관이 꾸며져 있다고 들었다. 어느 날 1호선을 타고 지나가다가 건물과 눈이 마주친 적이 있다. 1초 만에 스쳐 지나갔는데도 쿵쾅거리는 심장을 진정시킬 길이 없었다. 트라우마의 극복은 시간이 조금 더 필요한가 보다.

　김근태 아빠가 반인륜적 고문에도 한 번도 정신을 잃지 않고 날짜, 시간, 사람을 기억하고 기록한 이유는 악행의 고리를 끊기 위함이었다. 비인간적인 것을 기억하고 싶지 않은 사람은 다시금 그러한 위험에 노출되기 쉽다고 했다. 시간이 걸리더라도 조금씩 가까이 갈 생각이다. 좋은 기억만 간직하지 않겠다.

등대지기의 방

병민이는 반에서 자기 가족을 소개하는 시간이 있었는데 아버지가 감옥에 있는 것을 말할까 말까 망설이다가 솔직해야 한다면서 얘기하기로 했다는 말을 엄마 편에 들었다. 병민이 너의 망설임, 아빠는 정말 이해가 된다. 그리고 그 망설임을 떨구어버리고 사실대로 얘기하기로 했다는 그 용기가 고맙고 자랑스럽구나.

병준이, 병민이에게.

어제 돌아가는 길에 비 맞지 않았는지 모르겠구나. 저녁께부터 부슬비가 소리도 없이 내려 땅거죽을 촉촉이 적시더구나. 이 비가 걷히고 나면 완연한 봄이 우리 앞에 다가설 듯하구나. 땅 위에 조금씩 고여 있는 물 위로 소곤소곤 내리는 빗줄기를 쳐다보면서 이곳에서 너희들과 함께 불렀던 노래를 혼자서 불러보았다.

이번에는 〈라 쿠카라차〉, 지난번에는 〈등대지기〉였지. 경쾌하지만 약간 부르기는 어려운 〈라 쿠카라차〉를 잘도 부르더구나. 아버지는 가사도 잊어버리고 박자도 놓쳐서 당황하고 있는 사이 너희들은 배짱 좋게 주욱 앞으로 나갔지.

그런데 이번보다는 지난번 불렀던 〈등대지기〉가 더 마음에 들더구나. 그 노래를 부르면서 여러 가지 느낌이 아버지

가슴에 담겼단다. 그중에 몇 가지만 얘기해보겠다.

우선 그런 노래를 너희들과 함께 부르게 되었다는 것이 상당히 신나는 일이다. 언젠가 너희들이 엄마와 아버지에게 축복으로 와 태어난 후 포대기에 쌓여 배고프다고 "응애응애", 똥 쌌다고, 오줌 쌌다고 "응애응애" 하다가 참으로 별안간 너희들 입에서 "엄마" "아빠" 하는 부름이 외쳐졌을 때 우리는 상기되었다. 신기하고 그리고 고맙기도 하고, 그러면서 진짜 아버지가 이젠 되었구나 의식하게 되면서 새롭게 책임감을 갖게 되었다.

그런데 이번에는 그런 느낌에다가 너희들이 이렇게 컸구나 하는 대견함, 우리 한 사람 한 사람이 자기 목소리로 노래를 하면서도 또 그것이 서로 함께 어울리도록 신경 쓰는 데에서 보이는 동료감, 그것을 너희들과 함께 노래로써 확인하는 것은 아버지에게 여간한 뿌듯함이 아니었다. 그리고 이렇게 아버지가 감옥에 들락날락하는데도 너희들이 스스로 밝게 커가는 모습이 보여 고맙고 기뻤단다.

애들아, 아버지도 너희들만 했을 때 〈등대지기〉를 좋아해서 자주 불렀고, 그 후 커서 어른이 된 뒤에도 외롭고 눈물이 날 것 같으면 그 노래를 부르곤 했단다. 그 노래 분위기는 명랑하지 않고 약간 슬프지 않니. 너희들은 어떠냐.

멀고 험한 바다에 나갔다가 돌아오는 배에서 캄캄한 어둠 속에서 등대의 반짝이는 불빛은 분명히 희망이겠지. 고난과 절망 속에서 한 줄기 날카로운 희망일 게다. 그런데 그 희망의 불빛을 지켜주는 등대지기는 여간 외로운 것이 아니란다. 사람들이 살고 있는 동네에서 뚝 떨어져 참으면서 살아가야 하는 것이란다.

그렇게 참으면서, 외롭게 살면서도 견뎌낼 수 있는 힘, 그것은 정말 어려운 일이란다. 그래서 그만큼 훌륭한 일이지. 그러면 이러한 힘은 어디에서 오는 것일까. 너희들은 이미 알고 있을 것이라고 믿는다. 그것은 사람에 대한 사랑, 어두움 속에서 두려워하고 절망하는 사람들에게 따뜻한 손길을 내미는 아름답고도 큰마음에서 오는 것이지.

그런데 말이야. 그렇게 하는 모든 것들이 자랑스러우면서도 그러나 역시 등대지기는 사람이어서 밀려오는 외로움을 어쩔 수 없어 이 노래를 불렀고, 노래를 통해 우리로부터 위로의 말을 구하고 있는 것은 아닐까 하는 생각을 해본다.

병준아, 병민아. 조금만 더 아버지 얘기에 귀를 기울여줄래.

나는 이렇게 생각한다. 노래 〈등대지기〉는 실제의 등대지기이기도 하지만 이 세상 속에서, 사람들 사이에서 희망과 믿음의 불빛을 사르고자 애태우고, 그를 위하여 자기를 희생하고, 지금도 하고 있는 귀중한 사람들, 세상의 어둠을 몰아내고자 봉화를 들었던 그 사람들 모두를 말하는 것은 아닐까 싶구나. 김병곤 아저씨, 전태일 아저씨 등이 그렇고 너희들이 잘 아는 문익환 할아버지 또한 우리 모두의 등대지기라고 생각되는구나.

지난 100여 년 동안 그러니까 너희들이 보지 못한 친할아버지가 1901년에 태어나셨는데, 그 한 20~30여 년 전부터 (1870년경부터) 지금까지 우리 7천만 겨레는 이루 말할 수 없는 어려움을 겪어왔단다. 자존심이 짓밟히고, 노예 비슷하게도 되고, 매 맞고, 죽고, 헤어지고… 참을 수 없는 지옥의 나날들이었다.

그리고 그 기간 동안 일부 먼저 제 맘대로 하는 왕을 쫓아내고 민주 사회를 이룬 나라들, 그와 더불어 공장을 세우고 경제를 발전시키고 힘센 군대를 만든 나라들이 있었는데, 이들이 그만 교만해져 다른 나라, 다른 겨레를 짓밟고 쳐들어가고 하여 미움과 전쟁이 그치지 않는 추악하고 혼란스런 100여 년이었다.

이 100여 년 동안 우리 겨레의 등대지기가 되었던 분들이 유관순 누나, 안중근 의사, 신채호, 한용운, 홍범도 장군이다. 또 있구나. 전봉준, 김옥균 선생 등이 그분들이다. 다른 나라 사람이지만 중국의 손문, 인도의 네루와 간디 등도 그렇다. 이런 분들의 등대지기 역할로 우리 민족의 배가 암초에, 세계 인류가 증오로 인해 죽고 죽이는 참혹한 지옥에 빠지는 것을 피할 수 있었다.

물론 배가 난파당하지 않도록 조종간을 잡고 결정을 하고 힘을 쓴 것은 배를 타고 있던 우리 겨레, 세계 인류였지만 그 때 등대의 불빛이 없었다면, 그 불빛이 있도록 하는 등대지기가 없었다면, 그들이 자신들의 외로움을 이기지 못하고 불을 꺼뜨렸다면 어떻게 되었겠니. 많은 배들이 어둠 속에서 우왕좌왕했을 것이고, 그러다가 암초에 부딪쳐 많은 사람들이 차갑고 어두운 파도 속에 떨어지거나 두려움 속에서 목숨을 잃었을 게다.

병민아, 병준아.

〈등대지기〉노래를 마치면서 너희들에게 이렇게 얘기하고 싶었다. 너희들의 아버지 김근태도 그런 등대지기가 되려고 애를 태우고 있는 사람 중의 하나란다. 그런 불빛을 이 감옥 안에서 매일 밤 지펴 올리려고 끙끙대고 있는 것이라고 말하고 싶었다.

노래하는 동안 이런 생각이 떠올라 아버지 눈에는 눈물이 핑 돌았고, 목에는 뜨거운 것이 올라와 목이 메었다. 너희들은 눈치채지 못했겠지만 그때 내 마음은 그랬단다. 어제 부슬비를 바라보면서 혼자 불러보았던 〈등대지기〉노래 속에는 이런 느낌과 생각이 한데 엉겨 붙어 생생하게 살아 움직이는 듯했단다. 애들아, 그러면서 너희들을 크게 불러본다.

병민이는 반에서 자기 가족을 소개하는 시간이 있었는데 아버지가 감옥에 있는 것을 말할까 말까 망설이다가 솔직해야 한다면서 얘기하기로 했다는 말을 엄마 편에 들었다. 병민이 너의 망설임, 아빠는 정말 이해가 된다. 그리고 그 망설임을 떨구어버리고 사실대로 얘기하기로 했다는 그 용기가 고맙고 자랑스럽구나. 병민이 마음이 튼튼하게 커가고 있는 것이 여기에서 환히 보이는 듯하구나.

그래, 감옥에 들어오는 것은 창피하고 불명예스러운 일이란다. 사람들은 혼자서는 살 수 없고, 모여서 함께 일하고, 놀고, 그리고 공부도 하는 것이지. 그런데 그 과정에서 사람들은 자기가 하고 싶은 것은 어떤 것이든지 할 수 있고 해도 좋지만, 한 사람이 하는 일이 다른 사람에게 명백히 그리고 직접적으로 피해를 주어서는 안 되겠지. 그렇게 하지 않아야 할 것 중에서 제일 나쁜 것을 뽑아서 이것들은 절대로 안 된다고 하게 된 것들이 있다.

예를 들면, 사람들을 때려서는 안 된다. 또 때려서 뺏거나 속여서 뺏는 것은 안 된다 등등. 이러한 것들은 모두 자기의 욕심에 몰려서 다른 사람에게 큰 피해를 주는 경우인데, 그런 경우에는 대가를 지불하여야 하고 그것을 감옥에 갇혀 속죄하고 반성하는 것으로 한 게 오늘날의 처벌 제도이다.

아 참, 그렇게 감옥을 세움으로써 자기 욕심에 빠져 다른 사람에게 피해를 준 사람을 처벌할 뿐만 아니라, 그렇게 행동하지는 않았지만 그런 방향으로 마음이 쏠리고 있는 다른 사람들에게도 욕심을 부리면 저렇게 되는구나 하고 무서워하게 만들고, 또 손가락질을 받을 정도로 창피하게 되는 것이구나 싶어, 사람들이 오랫동안 살아오면서 만든 약속을, 법을 지키게 하는 효과도 겨냥하는 것이지.

병민아, 말이 약간 어려워지지. 그런 부분은 아빠와 엄마한테 도움을 받도록 하고 조금만 더 얘기하자. 그러니까 아빠가 여기 있다는 얘기를 하기 주저했다는 것은 벌써 이것들을 네가 알게 된 것으로, 네가 크고 있다는 하나의 표시란다.

그런데 병민아. 이 감옥 안에도 우리가 이해해주고 위로해주어야 할 사람들이 있단다. 이 세상에서 제일 중요한 게 뭐겠니. 목숨을 유지하여 살아가는 것이겠지. 그를 위하여, 배고픈 것을 참지 못하여 빵 1,500원 어치를 훔친 열네 살짜리 소년을(오빠보다 한 살 많지) 서울에 있는 감옥에서 보고 무척 가슴이 아팠단다. 물론 이것을 잘한 것이라고 할 수는 없겠지만, 배고픔을 참지 못하여 그렇게 했다고 소년을 감옥에 처넣는 그런 사람들이, 잘난 체하며 권력을 휘두르는 사람들이 아빠는 정말로 밉고 큰소리로 비웃어주고 싶었다. 너는 이런 애를 어떻게 생각하니.

그리고 또 있다. 욕심 때문에도 아니고, 실수로 부주의로 잘못을 한 사람들도 이 안에 있단다. 그러나 욕먹고 반성해야 할 사람들도 물론 있다. 심지어는 욕심에 눈이 멀어 다른 사람을 죽이기까지 한 나쁜 사람들도 있단다. 이러한 행동은 정말 용서할 수 없는 것이지.

그런데 이런 말이 있다. 죄는 밉지만 사람은 미워하지 않아야 한다고. 죄는 졌지만 그래서 대가를 치러야 하지만 그런 사람의 생명과 그런 사람의 자존심도 귀중한 것이라는 얘기이다. 이러한 사람들도 여기에 갇히면 꼼짝 못 하게 되고 외로워하고 눈물도 흘린단다. 아버지는 이런 사람들의 그런 아픔에, 그런 눈물에 같이 아파할 수 있고자 한단다. 그렇다고 이 사람들이 자신이 저지른 욕심의, 죄의 대가를 받지 않아도 좋다는 것은 물론 아니다.

그렇다면 병민이, 병준이 너희들 아버지 같은 경우는 어떻게 된 것일까. 왜 이렇게 감옥에, 그것도 자주 들어오는 것인지, 그래서 너희들과도 헤어지고 가끔씩만 보게 되는 것인지.

병민아. 그 내막은 너도 이미 눈치채고 있을 텐데, 대강은 이렇단다. 사람들이 만든 약속을 지키게 하는 역할을 담당하고, 그런 자리에 있는 사람들을 보고 권력을 갖고 있다고 하는데, 그들이 자기 자신의 욕심에 눈이 어두워져 경찰이나 군대 또 감옥 제도 같은 것을 이용하여 사람들을 무서워하게 만든 다음, 권력자 자신의 욕심을 법이라고 우긴다면 이 세상은 어떻게 되겠니. 그때 손을 들고 일어나 이것은 법이 아니다. 너희들의 욕심이다. 이렇게 큰소리로 누군가 외치지 않는다면 그런 사회는 노예 사회, 아마도 눈물과 한숨으로 가득 찬 어두움 속의 지옥이 될 게다.

병민아. 지난번 아빠가 감옥 살 때 있었던 큰 시위, 사람들의 거대한 거리 시위 이후에 조금 나아지긴 했지만 아직 완전한 새벽은 오지 않았다. 그래서 아빠가 친구들과 함께 일어나 "진정한 새벽을 오게 하자"라고 외치고 행동하니까 권력을 가진 사람들이 자기들의 끝나지 않은 욕심이 밝혀졌다고 버럭 화를 내면서 이 감옥으로 아빠를 힘으로 다시 밀어넣은 것이란다. 이럴 땔 두고 '방귀 뀌고 성낸다'라고 하는 것이다.

병민아, 자존심이 강한 병민이를 닮은 이 아빠는 저들의 힘 앞에도 전혀 굴하지 않고 '아니다'라고 하고 있는 것이다. 그래서 여기 홍성 감옥에서 조금씩 더 빛나는 등대지기가 되고 있을 것이다. 그렇게 생각하지 않니, 병민이 너는!

1991년 3월 27일

"2012년을 점령하라!" 하던 김근태의 마지막 주문은 실패했다.

박근혜 대통령 당선이 확실시 되었을 때 나는 냉소주의 내지는 허무주의에 빠져 있었다. 왜 그렇게 살았을까. 박정희 정권 때 7년의 수배 생활, 전두환 정권에는 혹독한 고문, 2년여의 투옥, 노태우 정권에서 2년여의 투옥. 인생을 바친 결과는 서글펐다. 독재자의 딸이 잡은 권력. "희망은 힘이 세다"라고 말했던 김근태. 틀렸다 부정하고 싶어졌다. 우리 가족의 삶도 하찮게 느껴졌다.

이런 밑바닥 냉소주의에서 나를 끄집어낸 것은 2016년 말 촛불이 보여줬던 '희망'이었다. 아무도 보지 않는 곳에서 민주주의와 평등을 열망했던 익명의 희망은 2016년 '촛불'로 터져 나왔다. 이들과 김근태의 민주화를 위한 변하지 않는 믿음과 희망의 결과는 독재자의 딸을 권력 위에서 끌어내린 탄핵이었다.

촛불이 한창이었던 11월에 나는 서대문형무소 11옥사에 등대지기의 방을 꾸미고 있었다. 1980년대에는 서울구치소 였던 곳이다. 그 차갑고 외로운 감방 안에 바둑판, 휴대폰, 돋보기, 펜, 시계 등 김근태의 유품을 넣은 등대가 세워졌다. 김근태 추모 전시에 항상 함께 해주었던 아카이브 설치 작가 이부록 선생님의 작업이다. 작은 감방 안을 비추는 등대의 불빛이 360도 돌아 살아 움직이는 것처럼 끊임없이 퍼져 나 갔다. 어둠 속에서 두려움에 떨고 있는 사람들에게 한 줄기 날카로운 빛이길 소원하며 기꺼이 등대지기의 길을 가고자 했던 모든 분들을 기리기 위한 방이기도 했다.

지난겨울 100만 촛불은 광화문에 모여 있었다. 광장의 공 기는 따듯했다. 감동이었다. 그러나 먼저 간 등대지기의 불 빛은 여전히 서울구치소 차가운 감방 안에서 쏘아 올려졌다. 등대지기의 방을 떠나 광화문에 촛불을 들러 가면서 외롭지 만 그 길을 뚜벅뚜벅 걸어간 이들을 생각했다.

보일러공과 옥순 씨의 후일담

"김근태가 로맨틱한 사람이었어요. 그런 와중에도 동대문 시장에서 비싼 건 아니지만 자기 맘에 드는 티셔츠를 사서, 포장지로 예쁘게 하지는 않았지만, 그래도 신문지에 둘둘 말아서 선물하고, 또 꽃도 사서 그것도 역시 신문지에 둘둘 말아서 선물하기도 하고, 그렇게 꽤 했어요."

인재근, 인터뷰 중에서

1978년 겨울 부천 심곡동에서 김근태와 인재근이 함께 결혼하기로
약속하고 기념하기 위해 찍은 사진이다. 당시 김근태는 서울대 5·22 사건의
배후로 지목되어 오랫동안 도망자 신세로 떠돌았고, 인재근도 동일방직사건에
연루되어 수배 중이었다. 결혼식을 올릴 수 없었던 둘은 사진관에서
기념사진을 찍는 것으로 식을 대신해야 했다.

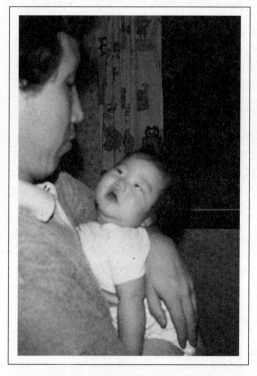

1982년 여름 인천 구월동 집에서 김근태가 태어난 지
두 달 남짓 된 딸 병민을 안고 있다. 병민이 목도 가누지 못할 때라
팔로 딸의 목을 받치고 살짝 안아 올려 눈을 맞추고 있다.
김근태는 당시 인천 도시산업선교회에서 노동 상담을 맡고 있었고
두 아이의 아버지로서 비교적 안정적으로 생활하고 있었다.

1984년 여름 부천 역곡 일두맨션아파트 앞 놀이터에서
그네를 타고 있는 어린 병민의 모습이다. 병민은 모래 놀이터에서
하루 종일 그네를 타고 놀았다. 병민에게는 아빠와 함께 머물렀던
따뜻하고 그리운 공간이지만 김근태 아빠가 여기서 남영동으로 끌려가
모진 고문을 당하고 가족과 떨어져 징역을 살아야 했기에
아픈 기억의 장소이기도 하다.

1982년 여름 인천 구월동 집에서 딸 병민과 인재근, 보행기를 타고 있는
아들 병준의 모습이다. 인재근은 인천 구월동 아파트를 행복했던 집으로 기억한다.
김근태에게 처음으로 서재 방을 마련해줄 수 있었고, 석유곤로가 아닌
가스 불을 사용할 수 있는 부엌이 있어서였다. 이전 송내 단칸방에 비해
부엌 시설이 좋아져 매일 햄버거, 닭볶음탕 등 여러 가지 요리를 해주었다.
말랐던 김근태와 아이들이 포동포동하게 살이 올랐었다.

1985년 여름 역곡 시절 아들 병준은 YMCA 아기 스포츠단에 다니고 있었다.
아기 스포츠단 친구들과 야외 활동을 나가 바닥에 앉아 활짝 웃고 있는
병준의 모습니다. 이 사진은 훗날 김근태가 징역을 살 때 감방으로 보내졌다.
감옥에서 아들을 그리워하고 있을 김근태를 위해 인재근이 편지와 함께 보낸 사진이다.

1992년 여름 마지막 징역살이를 하고 홍성교도소에서 출소했을 때
수유리 집에서 딸 병민과 아들 병준이 김근태와 함께 찍은 사진이다.
이후 김근태 가족은 오랜 헤어짐의 마침표를 찍고 함께 지낼 수 있었다.
병민은 초등학교 3학년, 병준은 초등학교 6학년이었다.

1992년 여름 홍성교도소에서 출소한 다음 날 김근태와 아이들은
동네 사진관에 가서 처음으로 가족사진을 찍었다. 다시 만남을 기념하기
위한 자리였는데, 사진관 아저씨가 포즈가 자연스럽지 못하다고
하도 호통을 쳐서 모두 표정과 자세가 바짝 얼어 있다.

결혼식을 올리지 못했던 김근태와 인재근은 1980년 4월 26일
잠깐 찾아왔던 '서울의 봄'에 대학로 흥사단에서 결혼식을 올렸다.
첫째 병준을 출산한 지 5개월 만에 올린 식이어서 인재근은 아이가
배고플까 걱정되어 결혼식이 빨리 끝나기만을 바랐다고 한다.
이후 한 달도 안 되어서 5·18이 일어났으니 이때 식을 치르지 않았다면
영영 결혼식을 올리지 못했을 수도 있다.

2008년 겨울 창동 집에서 김근태 생일에 함께 촛불을 끄는
인재근, 병민, 김근태의 모습이다. 가족의 생일이나 결혼기념일,
크리스마스 같은 날에는 케이크에 촛불을 켜고 모두 함께 노래를 부르고
같이 촛불을 불었다.

엮은이 소개

김병민

1982년 봄 인천 구월동에서 김근태와 인재근의 딸로 태어났다. 미술을 좋아했던 김근태를 따라 전시회에 다니고, 도록을 사서 펼쳐보는 것이 취미였다. 한때는 화가가 되려는 꿈을 꾸기도 했는데 소질이 없다는 미술 선생님의 말에 상처를 받고 꿈을 접었다. 인문학을 강조했던 집안 분위기 속에서 자연스럽게 역사를 전공하고 대학원에서 미술사를 공부했다. 미술사 강의를 하며 큐레이터로 활동하고 있다. 동시에 다섯 살 아들, 세 살 딸 두 아이를 키우며 육아에 허덕이는 엄마이기도 하다. 최근에는 김근태와 관련된 자료 수집에 분주하다. 더불어 한국 민주주의를 위해 헌신한 분들을 어떻게 기억할 것인가에 대해 고심하고 있다.

젠장 좀 서러워합시다 — 김근태 아빠, 인재근 엄마 편지

1판 1쇄 펴냄 2017년 12월 4일
1판 3쇄 펴냄 2018년 12월 10일

엮은이 김병민
펴낸이 안지미
편집 김진형 유승재 최장욱 박승기
디자인 안지미 한승연
제작처 공간

펴낸곳 알마 출판사
출판등록 2006년 6월 22일 제2013-000266호
주소 우 03990 서울시 마포구 연남로 1길 8, 4~5층
전화 02.324.3800 판매 02.324.7863 편집
전송 02.324.1144

전자우편 alma@almabook.com
페이스북 /almabooks
트위터 @alma_books
인스타그램 @alma_books

ISBN 979-11-5992-130-8 03810

이 책의 내용을 이용하려면 반드시 저작권자와 알마 출판사의 동의를 받아야 합니다.
이 도서의 국립중앙도서관 출판시도서목록CIP은 서지정보유통지원시스템 홈페이지
http://seoji.nl.go.kr와 국가자료공동목록시스템 http://www.nl.go.kr/kolisnet에서
이용하실 수 있습니다. CIP제어번호: 2017031992

알마는 아이쿱생협과 더불어 협동조합의 가치를 실천하는 출판사입니다.

종이 표지_삼화 밍크 120g/㎡ 본문_전주 그린라이트 80g/㎡